eye.

守望者

——

到灯塔去

幻化

〔日〕梅崎春生 著

赵仲明 朱江 译

南京大学出版社

目　录

櫻　島

七月初我抵达坊津。古代遣唐使的船只从这里出发。在俯瞰这座美丽小港口的山顶上，驻扎着基地部队的通信大队。我是密码员。每天，我下山捕鱼，去山里采杨梅，和早晚上山两次的坊津邮电局的女职员成了好友，本职工作之外过得十分悠闲。电报很少。一天一两封。有时一封也没有。即便在这样的生活中，我依然开始痛感某种肉眼看不见的东西犹如枷锁逐渐在勒紧我的身体。我咬牙切齿地连日沉醉于声色欢娱。美军飞机每月必出现一次，带着轰鸣声从山顶上盘旋而过。抬头仰望，初夏阳光照射下的机翼，泛着匕首般刺眼的亮光。

　　某日清晨，收到一封电报。

　　我从海军密码本中抽出"勇"字册，翻译电文。

　　"村上兵曹调任樱岛，速返古山本部。"

　　下午，接替我的田上兵长抵达了坊津。

　　那天夜里，我在酒里加了水，一个人开怀痛饮。我喝得酩酊大醉。当我踏上岭上小道时，两腿发软，在坡上跌倒滑了下去。我划破了眼皮，流了不少血。仰面躺在低洼地上，我望见空中异常清澈的冷月。在烂醉如泥后断续的意识中，我拼死追赶着荒野中的什么东西。

第二天一早，我在医务室简单处理了眼皮上的伤口，出发下山。我徒步前往枕崎。此生不会再见的坊津的风景，变得格外新鲜。我一次次地回身眺望，视野中的景色令我惊诧不已。这里的景色为什么如此生机盎然？我这么想着，胸中不禁隐隐刺痛。在这个基地中所思考的、所感受过的一切，难道不是只有现在这一时刻的感觉才是最真实的吗？尽管恐怕是"诀别"的愁绪扭曲了我的肉眼。

我在枕崎坐上火车，抵达了某小镇。我打算在这里换乘大巴。不过，我已经错过了每天只发车一次的大巴。

还有一个办法就是拦下部队的卡车要求搭乘。不过，我懒得这么做，于是走进了街道中央的一家旅馆。吃了饭，我站在套廊上眺望空中的晚霞，擦肩而过的海军士官和我搭讪。我告诉了他我的去向。随后我们来到他的房间，边吃炒豆边闲聊了会儿。

果然他的部队驻扎在坊津的山上，他是敢死队监督队长谷中尉。他个头矮小，但身材结实，长着一双大眼睛，看上去二十三四岁模样。他说前几天博多遭到空袭时，自己正好在博多武馆府。他告诉了我当时的情况。博多是我老家，想到住在博多的亲朋好友，我内心十分沉重。

"美丽地死去。我想美丽地死去,这太伤感了吧?"

谷中尉说着,嘴里吐出炒豆壳,目不转睛地注视着我。

天黑了,我决定在这里住一晚。我提议出去逛逛,两人便出了旅馆,向火车站后面的妓院走去。旅馆女招待告诉我的那家妓院在漆黑一团的小马路上,四面围着矮篱笆墙,是一座不太像妓院的破旧的独栋小楼。烟囱里吐着红色火舌的火车从楼前的石崖下缓缓驶过。火星啪啪啪地散落在铁路上。望不见星星的天空中,低垂着厚厚的云层。

只有一个妓女。没有酒。在谷中尉的提议下,我做了两个签。在这种地方和女人同衾共枕未免有些凄凉,我希望自己抽到短签。不幸的是我中了长签。谷中尉只喝了一杯茶便笑嘻嘻地起身离开。不一会儿,传来谷中尉踏着石地经玄关走出大门的皮鞋声。

过了片刻,妓女来了。

妓女没有右耳。

我很清楚这是最后一次来妓院了。到了樱岛,绝不允许外出,空下来必须抓紧时间睡觉,等待我的便是这样的工作。我坐在窗沿上,沉默地注视着妓女。妓女边竭力遮掩半边脸,边为我沏了新茶。忽然有种近似愤怒的莫名其妙的情绪猛地涌上胸口。

"没有耳朵,侧睡很方便吧!"

我忍不住用十分粗暴的语气吐出这句话。我绝望到撕心裂肺,而非真心想侮辱妓女。话一出口,每一个词无疑都会变成利剑反射回来,刺中自己的心口。即便不说出口,我的内心不也受伤了吗?我想侮辱我自己。我这一辈子,还未感受到女人的温柔爱情便已埋葬了青春,最终不得不客死异乡。对于这样的自己,这种侮辱不是最为恰当的吗?我靠坐在窗沿上,目不转睛地凝视着女人漂亮的侧脸。

"好吓人。"

妓女稍微侧过脸去,避开我的视线。她的身体好像在微微颤抖。一瞬,昏暗的灯光照在她右半边脸上。稀疏的发际下面便是脸颊,本应长着耳朵的部分,犹如某种植物的果实被切开了口子,苍白而又光滑。

"你眼皮怎么了?"

"在山上摔了一跤。"

"好危险啊。"

我起身脱了上衣。又过了片刻。我一点儿都兴奋不起来,在只是意识到自己身体衰弱的短暂时间里,我迷迷糊糊想的尽是外面的事情。我坐火车来到这个小镇,明天一大早又会坐大巴离开。这是我一生中第一次造访的小镇,但不会再有下一次。在这栋破烂不堪的妓院里度过的一夜,如何为我的青春打上休止符呢?我听着窗下货运列车发出的苍凉的轰鸣声,和妓女说着话。

"樱岛?"

妓女问道。她将脸埋在我胸口。

"那里可是好地方,成年都有水果。现在去的话,可以吃到梨子、西红柿，应该已经熟了吧。"

"我是军人，有也不能随便吃。"

"说的是。好可怜啊。——真的挺可怜的。"

妓女抬起脸，忽然大笑起来。不过，她很快收起笑容，看着我。

"你会死在那里吧。"

"当然会死。死在那里也挺好。"

她凝视了我片刻，冷不丁冒出一句话，语气好像自言自语——

"什么时候登陆啊?"

"快了吧。很快就会来了。"

"——你会和他们打仗吧。死在战场上吧。"

我沉默着。

"是吧，你会死吧? 怎么死法? 喂，你告诉我呀。你会怎么死?"

我听着仿佛从胸口吹过的风的声音。妓女的脸贴着我胸口，露着一本正经的奇怪表情。不到那一刻，我无从想象自己会怎么死。这一瞬间，我觉得很不可思议，死离我十分近。我不禁感到，某种无法估量的不祥之物正在穿过我的脊梁。我装作若无其事的样子，回看了妓女一眼。

"别问那些不痛快的事。"

纸一般失去光泽的脸上，只有一双阴郁的眼睛注视着我的表情。她将右侧的半张脸紧贴在枕头上。她的脸很小，看上去只有橙子那么大。

"我们都别说不开心的事了。"

"我很倒霉,真的很倒霉。"

妓女的眼眶里似乎噙满泪水。我闭上眼睛。凄楚的爱怜弥漫在胸口。我强忍着心酸,用手抚摸那个女人的脸颊。

第二天白天,在蒙蒙细雨中我抵达了谷山。坑道里弥漫着湿气,空气十分浑浊。密码室设在坑道的最深处。我提着被细雨打湿后变得沉重的略帽,为避免撞到横梁,躬身走了进去。由于高温,刚擦过的眼镜上又立刻蒙上了雾气。

"你马上出发去樱岛,那里没有密码下士官。"

"不是有一个在吗?"

"患痢疾,住进雾岛医院了。"

我和掌密码长进行了交谈。

"我马上出发。"

走出密码室,遇见认识的下士官和士兵,和他们简单打了招呼。听他们说这里一直下雨,两三天前,居住区坑道的入口坍塌了。这里的土质是砂岩类的,很脆。可能由于湿气太大,坑道里充满难闻的异味。士兵们一个个脸色苍白。

掌暗号长①交代我带上来自佐世保海兵团的六个士兵一起走,他们几个前往樱岛却错来了谷山。加上我一共七人,在

---

① 通信科里管理密码的专业技术人员,相当于兵曹长。——译注

坑道前列队向当班的将校告辞后,踏上细雨蒙蒙的红土路,出发前往市营电车站。我打听了一下,六名士兵都是补充兵,是派来修理回天鱼雷和震洋艇的。

"震洋已经到樱岛了吗?"

"不清楚。"

回答我的是年纪最长的一等兵,看样子过了四十岁。他穿着不合身的军服,模样很寒碜,背包也很小。据说佐世保海兵团遭到炮击逃跑时,只发放了很少一点衣物。他见我的背包很重,几次提出和我换着背,我拒绝了。虽说他看上去心地善良,但愚直地墨守部队陋习的举止多少令我不快。

"我的背包我自己背。"

我冷冰冰地拒绝了他,之后一路沉默。抵达车站,我们上了一辆很小的电车。电车行驶了不一会儿便让我们下车了。说是遭到轰炸,电车只能开到这里。我们重新排好队,走上柏油马路。

鹿儿岛市一半成了废墟。除了钢筋混凝土建筑还留着外壳,其余房屋都成了瓦砾,大街上一片狼藉。各处都能见到自来水龙头向外喷着白色水柱。电线杆倒在地上,电线匍匐在柏油马路上。这里也下着犹如被风吹得四散的尘埃般的细雨。废墟的尽头是大海。大海彼岸是孤独耸立的樱岛山,它笼罩在浅褐色的烟雾中。我想,我就要去它的山脚下了。大家默不出声地走着。肩上的背包十分沉重。

在码头等船时,天空逐渐变亮。云层开始散开,露出了蓝天。等船的人看上去都有些神情恍惚,很少有人说话。卖船票的妇女们吃着清蒸马铃薯。她们的吃相勾起了我的食欲。我移开视线,在背包上坐下,望着面无表情的人群,脑子里想着昨晚的那个妓女。昨晚的情绪似乎执拗地残存在我的身体里,那种娇滴滴的感觉现在反过来令我对码头上人们脸上的漠然表情产生了厌恶。

(他们像白痴一样失去了表情。)

我使劲咂了一下嘴。士兵们向女人们要了一些马铃薯吃,他们边吃边遮遮掩掩地怕我发现。时间在焦急的等待中流逝。终于,船只拍着白浪出现在眼前。我们坐上船。船又启动了,将浑浊的海水分成两股道。

船只很快抵达对岸,在沙滩上放下木板,乘客挨个走过木板,跳上沙滩。这里是樱岛。沿海大道约有一里长,部队驻扎在山腰。我抬头仰视,天空放晴了,被晚霞染成了赤红色。我的心情也一下子开朗起来。我边轻松地招呼士兵边迈开脚步。雨后的绿色显得格外鲜嫩,树林顺着蜿蜒曲折的沿海大道不断向前延伸。我们走进一户貌似农民的家里,买了很多梨。

茶褐色的梨又小又硬。我留意到成片的树林里,野生的梨树上挂满了茶褐色的果实。

"昨晚那个妓女说的就是这种梨啊。"

我寻思。啃着没多少水分又没有甜味的梨,又随口吐了出来。

太阳落山了。漫山的蝉鸣声也减弱了。黄昏,我们抵达部队所在地。道口陡峭的悬崖上,七八个巨大山洞连成一排,用朽木枯枝随意遮掩着。坑道门口散乱地摆放着汽油桶等杂物。士兵们在坑道中进进出出。都是一些上了年纪的兵。耳边传来静谧的浪涛声。

我见到了当班将校,将七个人的派遣状交给他,便和其他六人告别。来了一名通信科的士兵,他带我前往居住区。通信科的驻地在山顶附近。走在漆黑难行的山道上,我抬头仰望天空。由于参差不齐的枝叶阻挡,看不见星星。

"还在上面吗?"

"马上到了。"

走上稍宽一点的道路,遮挡的枝叶消失了。一侧是山崖,能看见昏暗的大海。微风吹在我脸上。隔海相望的是漆黑一团的鹿儿岛市区,有一处冒着红色的火焰。在我疲惫的眼睛里,这团火的红色是不属于这个世界的匪夷所思的色彩,它在静静地燃烧。

"每天都那样燃烧着。"

士兵道。我莫名其妙地被火焰打动了。

下到一条狭窄的小道上,我们抵达了居住区。比崖下的山洞小一圈的入口,不出所料,也用竹子及树木稍稍伪装了一下,好几根电线牵拉在岩石上。坑道好像是 U 字形的。我弯腰走了进去。

坑道的最深处是收发报室,杂乱无章地摆着发电机和发报机。我在那里见到比我早上任的通信科下士官，寒暄了几句。连着收发报室的通道，充作居住区，排列着床铺和桌子。有一张桌子上放着酒瓶，准士官一个人在喝酒。他看上去身体骨架很宽，但没什么肉，通信科军人特有的苍白脸庞十分消瘦，又红又浑浊的眼睛，目光犀利地注视着我。他一只手撑在为陆军士官配备的坚硬的军刀上，伸向酒杯的手指长得有些不自然。

"村上兵曹吧？"

我敬礼。

"在这里工作很辛苦。就算是下士官，我也决不允许逃避夜间值班。其他基地我不清楚，这里毕竟是最前线。每天都有格鲁曼①飞来。大家迟早要死在这里。死之前，别做让人背后嗤笑的事。"

他的嗓音如老人般嘶哑。

"明白。"

"我，我是吉良兵曹长。"

他用不容辩驳的语气说完，移走了刚才执拗地注视着我的视线，不再看我一眼。他好像完全忘了我的存在，目光停在半空，用长长的手指举起酒杯，送到唇前。

"我告辞了。"

我敬了一礼，在士兵的引导下走到分配给我的床位边。

---

① "二战"时期美国格鲁曼公司制造的战斗机。——译注

我将背包塞到床下,脱下淋湿的军服。山下隐隐传来巡逻的军号声。床铺有上下两层,上层挂着一块新的木牌,歪歪扭扭地写着:村上兵曹。我爬上梯子,躺倒在毛毯上。好几根黑电线和裸线通过我上仰的脸部上方,在坑道内昏暗的电灯下闪着微光。棚顶上不断有细微的砂砾窸窸窣窣地往下掉。我闭上了眼睛。

(那双眼睛。)

为什么有那么瘆人的眼神? 除了军人,绝对见不到那样的眼神。从瞳孔深处散发出偏执的光芒。那不是常人的眼神,是变态的眼神。第一次和他的视线撞在一起时,穿透脊梁骨的战栗,不正是我胆怯的最初征兆吗? 随着对我的思想、我的观点的了解不断深入,吉良兵曹长必定会对我恨之入骨。这是一年多的部队生活中,我练就的宝贵的直觉。有着那种眼神的人,绝对不会错看我的性格,并且无一例外对我恨之入骨。

"不好对付!"

我出声嘀咕道。我不清楚在这个樱岛上的生活会持续到什么时候。但是,在死亡的瞬间降临之前,我不得不在自己的生活中将他尊奉为上司,无法言表的不祥预感笼罩上了我的心口。

昨夜之事,我感觉就像很久以前的记忆。那已经变成了遥远得回不去的世界。

我就这样迷迷糊糊地熟睡了过去。

　　我的樱岛生活就这样开始了。

　　白天是两班倒，晚上是三班倒。傍晚六点至巡检的那段时间，既不属于白班也不属于晚班，按规定由上午班的人员当班。因此，当班次数多的日子，一天要值十二小时的班。但那也并不意味着电报数量庞大。这既是因为通信兵技术能力变弱，也是因为密码员素质下降。例如白天六小时的当班时间，有的密码员甚至连一份电文都破译不完。这里的密码员大部分是志愿兵，有人甚至刚满十五岁，出现这种状况也就不足为奇了。比这件事更加糟糕的是，白天不当班的时间，所有人都被派去挖战壕了。因此，到了夜里当班时间，每个人都睡意蒙眬。手头正在破译的电报，一到换班时间便直接交给下一班继续，到了早晨也未能完全破译。而责任则全部由当班的下士官承担。

　　密码室和收发室在同一个坑道内，位于半山腰。可能由于位置不好，湿度很大，里面非常闷热。换班时走进坑道，空气相当浑浊，让人很不舒服。据说士兵们接到命令在挖一个通风口。兼具换气和引入冷风功能的这一工程，想必是个好主意。有一天我去现场监督我班上的士兵干活。按我计算的结果，挖完这个通风口至少需要三个月的时间。到了十一月份，冷风不就自然刮进坑道了吗？我很生气，问士兵：

　　"挖通风口是谁的命令？"

　　"吉良兵曹长。"

"能守到那一天吗?"

那个士兵将竹筐放到一边,在我跟前站定。

"这个通风口挖好之前美军就会登陆吗?"

他的表情很严肃。他是少年密码员,才十五岁。我狠狠吸了口香烟,问他:

"你觉得能打赢吗?"

"我觉得,能打赢!"

他的表情没有任何疑惑,仿佛沉浸在童话世界里。我忽然感到不快,挥了挥手,示意他继续干活。此刻,我的脸部表情一定十分难看。我起身,用脚踩灭烟头,迈开步子。

我慢腾腾地爬上斜坡,坡顶上是长着乔木的疏林,经过林间小道时,午后暑热的阳光照射在我额头上,汗水不断往外冒。穿过树林,出现了开阔的草地。一棵巨大的栗子树长在草地中央。树底下站着一位士兵,他听见我的脚步声,吃惊地转过身来。

这是个年龄在四十岁上下的矮个子男人。我一下子注意到他手中的双筒望远镜。面对我怀疑的目光,男子友好地露出淡淡的笑容,声音响亮地说道:

"我是瞭望哨。"

他这么一说,我倒发现栗子树干上装了一部电话机,站在这片草地上可以将内海湾内的景色和一大片天空尽收眼底。我向散发着热气的草地中央的男子靠近。

"现在不忙的话望远镜能借我一下吗?"

"嗯,可以。请。"

我接过望远镜。望远镜很重。我将它举到眼前,慢慢移动视野。

大正初年因火山爆发熔岩进入海水而形成的海岬就耸立在我眼前。这一侧的军用码头前的广场上,中央矗立着一座和中世纪宝塔相仿的放水塔,士兵们成群结队在那里取水,洗衣。被灌入了汽油的海水、停靠在码头的机电船……随着我头部的转动,巨大的樱岛山的全貌出现在双筒望远镜的视野中。

樱岛山由巨大的赭色土块堆积而成,上面不长一棵绿树。烧红的熔岩连成庞大的山体,让人毛骨悚然。它已经不能称为山了。大概是用望远镜眺望的缘故,岩石肌体的阴影给人强烈的视觉冲击,它以无情的重力压迫着我的眼睛。我走火入魔似的望着眼前的一切。

"不好。"

耳边传来男人低沉而紧张的声音。我不由自主地放下望远镜,望着男子。男子以半蹲的姿势注视着前方,竖着耳朵。

"是飞机。"

男子从我手里取过望远镜,对准南边的天空。我什么都没有听见,只有剧烈的蝉鸣声从空而降。

天空中没有一丝云彩,太阳放射着炫目的光。我感到飞机正以令人倍感空洞的速度转动,不知从哪个方向风驰电掣般地向我们迫近。

男子放下双筒望远镜，飞奔至栗子树边，拿起电话机，按下电铃。身处这样的山中，耳朵听到的铃声，有种奇特的非现实感。

"格鲁曼，对，格鲁曼，鹿屋上空。方位是，方位是西北偏北——"

此刻，我的耳朵突然捕捉到了清脆的金属音。正当我想抬头仰望天空时，男子的手一把抓住我的胳膊。

"隐蔽，快隐蔽起来。"

距离栗子树五米左右的地方有一片灌木林，边上是一小块洼地。我们飞快跑进洼地。两人仰面倒地。我的心怦怦直跳。

"这里是我的棺柩。"

男子低沉的声音说道，轻声地笑了起来。这个低洼的形状和棺柩毫无二致。两人躺在里面太窄了。我想回他些什么，正打算侧身转向男子的瞬间，风驰电掣般的金属声猛地变成巨响，轰鸣声顷刻笼罩在我们头顶。闪着银光的格鲁曼飞机现出了硕大的身躯，转瞬又从我的视野中消失了。我本能地坐起身子，刹那间机关枪声嘶力竭的连续的扫射声响起，随即停止。飞机的轰鸣声逐渐远去，消失在大海的另一头。飞机飞过头顶时被遗忘的蝉鸣声，此刻再次回到耳边。男子起身，回到电话机旁。

"飞机向鹿儿岛方向退去。对，已经退去。"

不一会儿，遥远的山下传来敌情解除的警报声。我起身站在草地边上，俯视山下。刚才各处散开隐蔽起来的人影，又重新稀稀落落地出现在道路和广场上。

我和男子并排躺在草地上。

"格鲁曼经常来吧？"

"今天还是第一次。"

男子瞥了我一眼说道。

"兵曹是应征入伍的吗？"

"我是补充兵。"

"下士候补？"

"嗯。其实我并不想干。"

"比当士兵好些吧。"

男子说着，神经质般地笑了起来。

"很多蝉啊。"

"夜里也会叫个不停。"

"秋蝉还没出来吧？"

"还没呢。那要过了八月十号以后。"

男子的脸上似乎出现了一丝不安，又立刻消失了。

"我最讨厌秋蝉。"

男子说。他顿了顿。

"我很讨厌那种蝉叫。每年夏天，那种蝉一开始叫，我就会遇到不幸。说起来挺奇怪的。——我去年六月一号应征入伍。到了佐世保海兵团，您也知道那部队吧！我在十分队。在那里每天内心都很痛苦，过得极其辛苦，不知道什么时候才是尽头，想法很悲观。那天轮到做饭，我们在食堂门口列队，正好遇上一年中秋蝉第一次出现，在旁边的树上叫得很难听。那时塞班刚刚沦陷，班长们说我们是南方的敢死队——"

他停了一下。

"前年也是，还有大前年。总是在我遇到伤心、痛苦的事，内心非常绝望的时候秋蝉开始叫。那种叫声讨厌极了。我总觉得那种叫声好像人的声音，带着奇怪的节奏，像在表达什么，那不是蝉啊。今年也是，一想到不知道哪个瞬间这种虫子开始叫，就有不好的预感。"

两人沉默了片刻。我问道：

"怎么干起了瞭望哨？"

"到了秋天，我接受了瞭望哨的训练。遇到各种痛苦不堪的事情。"

"上了一定年纪更艰难吧。"

"不全是年纪的问题。"

"也有很多不可理喻的家伙吧。"

男子沉默着。

"志愿兵。从志愿兵升到下士官和兵曹长的那些家伙，没有一点同情心。"

男子点了点头。他用低沉阴郁的声调说道：

"我刚入伍参加海军时，发现有人毫无感情真的大吃一惊。没有感情。他们自以为是人，其实不是。人内心应该有的感情，在海军的生活中完全丧失了。变成蚂蚁那样既没有思想也没有感情的动物。"

"嗯，嗯。"

"当了志愿兵，就像油那样被榨干，失去了最宝贵的东西。升到下士官后，磨炼得越来越没有人性。随后获得三四枚勋章，终于升到兵曹长的位置。生活好不容易有了保障，娶了老婆。接下来的目标，就是等着官职升到特务少尉、中尉，计算养老金，梦想退伍后在佐世保的上等地区造一栋小楼房过日子。他们用失去人最宝贵的东西来获得生活的保障。怎么会有这么残酷的人生啊。丧失人性，换来生活。不那么做的话，就活不下去吗？看一下那些兵曹长。是要成为一个无可救药的俗人，还是顽固不化地直到被榨干，只有这么两条路。"

"是啊。"

我脑海里浮现出吉良兵曹长的形象。他既不是被榨干的人，也不是无可救药的俗人。他是完全不同的另一种类型。从当志愿兵起，他就不断受到精神棍棒的拷打。换作他人早就放弃抵抗，选择顺从，可他无疑在无意识中培育了悲伤的复仇之心。他一定在内心深处不断培育和磨炼极度无情的情感，并扩散到自我。他终于熬成了兵曹长，有了一星半点的自由，在环视周围时，他一定发现了，无意中培育起来的复仇的獠牙，实际上极度虚张声势。他只有将獠牙刺向自己。他奇怪的个性、异常的举止，以及他人生中的唯一——海军在冲绳战役结束后已然溃不成军所酿成的心情，大概皆源于此。我的脑子里，又浮现出他集合通信科士兵，对他们毫无来由地进行惩罚的偏执行动。这件事发生在两三天前——

痢疾流行开来。那天，密码队的一个士兵摘了一只野生梨吃，被怀疑得了痢疾送往雾岛医院。军医严禁吃梨。我在医务室和那位士兵告别后回到驻地吃晚饭。正当我吃着干烧鱼——一种从湾内捕到的细长的小鱼时，有人从身后经过，我转过身子。是吉良兵曹长。

"村上兵曹。山下怎么样？"

"决定送去雾岛。"

"听说他吃梨了，是真的吗？"

"应该是真的。"

山下就是那个一等兵。吉良兵曹长脸上忽然现出了愤怒的表情。

"对士兵们说了多少次，不准吃梨。最近的士兵，一个比一个怂，干起坏事来却是一个赛过一个。"

他有点声嘶力竭，目不转睛地注视着我。

"下士官也有责任。下士官不以身作则，士兵就会放纵。既然不听我的命令，我就让他们变得听不了命令。村上兵曹，集合队伍。"

我沉默着。一个人偷吃梨，却要惩罚其余的所有士兵，这件事毫无意义。经过这几天在此地的生活，我隐隐觉得，自己对手下的密码员们开始有了感情。我不想让他们遭受毫无意义的惩罚。我面无表情，一语不发。吉良兵曹长忽然身体来了个急转，快步走进收发报室。

我转回身继续吃饭。自从应征入伍以来,我在佐镇的各海军兵团以及佐世保通信队、指宿航空部队当过兵,各式各样屈辱的记忆栩栩如生地留在脑海里。只要想一想,令我咬牙切齿的痛苦回忆就数不胜数。眼看着自己变得越来越怯懦,这让我对自己深恶痛绝。

(可是,已经死到临头的今天,那一切又有什么意义呢?)

我心情郁闷地用完餐,出了坑道,走下夕阳笼罩的小道,进入密码室与人交接班。

电报不多。今天的电报也尽是些一架银河①飞去了哪里、用几号货车送了什么物品等等并不重要的内容。当班士官的密码员昏昏欲睡。四周传来收发报机的声音。电信兵的半数是预科练习生。由于练习用的器械不够,他们就被派来干通信兵的工作。我双手托腮,闭上眼睛。

——刚才,在从洒满晚霞的小道下来时,静谧的鹿儿岛湾的上空,飞过一架陈旧的练习机。可能由于逆风的缘故,它抖动着双翼,速度极其缓慢,宛如在空中爬行。两三天前听说特攻队使用这样的练习机。我想闭上眼睛,视线却无法从它身上移开。我在想象这架练习机上的年轻飞行员。

我睁开眼睛。在坊津基地,我见到过水上特攻队员。他们借居在远离基地队的国民学校的校舍里,在那里面生活。我有一次经过那里。国民学校前有一户貌似茶馆的人家,门

---

①　轰炸机名。——译注

口放着一张长板凳,两三个特攻队员坐在那里喝酒。都是二十岁左右的年轻人。他们戴着白色丝巾,看上去十分土气。他们皮肤粗糙,表情颓废。其中一人用猥琐的语调声音尖厉地唱着流行歌曲。只要有人说什么,大家便一起哄笑,这种笑声让人有种说不出的厌恶感。

(这就是特攻队员吗?)

他们看上去都是些情窦初开的农村青年。特意反戴着帽子,围着白丝巾。他们越打扮,乡土气越浓。我站在远处看着他们,他们冲我吼:

"看什么看,这个混蛋。"

他们露出凶狠的眼神。他们可能把我当成修建队的新兵了。

此刻分不清是悲伤还是愤怒的情绪涌上了我心口。我无法抑制这种情绪。这一感觉,变成了痛苦的回味,至今残留在我心头。尽管我能想象,慷慨赴死这件事并非只有在透亮的心情和环境下才能为之,但在我亲眼看见的这一场景中,充满了让我厌恶的体臭。我垂头丧气地走在回基地队的路上,脑子里想的尽是一件事——美丽地活着,不留遗憾地去死。

我猛地回过神来,环顾四周。密码室的工作台前,只有我和另外两个士兵。其他位子上除了随意放在那儿的"吕"字册的厚密码本和刚组合好的乱数盘,不见一个人影。

"当班的哪里去了?已经过了换班时间。"

一个士兵抬头答道:

"大家都来了——"

"都来了？人呢？"

"居住区那里来了命令，手头有电报的留下，空着的全体集合。"

"谁的命令？"

"听说是吉良兵曹长。"

士兵战战兢兢地回答。我自己都清楚地感觉到，我脸上的表情开始僵硬。

直接指挥士兵的应该是下士官。我的权力被无视了。但我并不为此感到沮丧。时至今日，这里变成战场只是时间问题，战友之间还有什么必要相互伤害。我心中变得十分忧伤。在这里的两个士兵也很清楚，那些同事在居住区会遭遇什么。他们只是碰巧留下翻译电文而逃过一劫。由于内疚和莫名的不安，他们表情阴郁地翻看着密码本。难以忍受的不悦心情，令我坐立不安起来。

"走，去居住区看看。"

我自言自语，站了起来。穿过狭窄的通道，坑道外面已经是黄昏时分了。我跑上山道，正打算跳下两侧无路通行的小道时，两脚不由自主地停了下来。居住区坑道的入口，吉良兵曹长就站在那里。在可以俯视大海的居住区坑道的斜面上，士兵们两手撑地，摆出"俯冲"的姿势。吉良兵曹长单只手提着大约三尺长的棍子，高声训斥腰部快要着地的士兵。我步履缓慢地靠近他们。

从他们不成样子的体态,以及为减轻压力不断变换两手重心的绝望模样上,我很清楚地看出这种姿势已经摆了很长时间。他们无一例外地耷拉着脑袋。在黄昏的昏暗光线中,我看见我脚下的士兵们额头上不断冒着汗珠。我呼吸急促起来。在我还是新兵时,也一次次地被人命令做这样的动作。对于臂力弱于别人的我来说,每一次都不得不忍受超出其他人一倍以上的痛苦。这一记忆和眼前的光景重叠在一起,我觉得自己快要窒息了。我偷觑了一眼吉良兵曹长的脸。

微弱的光线中,吉良兵曹长苍白的脸色不禁令我心头一紧。貌似强压着痛苦的匪夷所思的表情,让他的脸看上去扭曲了。只有闪着偏执光芒的眼神,在俯卧在地面的士兵们的后背上扫射。瞳孔仿佛在燃烧。他忽然回过身子,望着我。

"村上兵曹,让大家站起来。"

甩下这句话后,他将棍子扔向山下。棍子在岩角上碰撞了两三次,发出沉闷的声音,落到了熊笹的山谷中。他站住,好像要开口说什么,但没有开口,随即背对我,大踏步地走进了居住区。他瘦削的宽肩膀,透着寂寞无奈。

"起来。"

士兵们慢腾腾地十分费劲地起身。也许是疲劳所致,大家的表情变得一样单纯,失去了思考能力,简直就像动物园中圈在笼子里的野兽。我感到了难以言状的沉重的压迫感。我低声说道:

"当班的立刻上岗,其他人解散。"

　　我和当班的士兵一起走上通往密码室的小道。大海一侧还残留着淡淡的余晖，成群的树林已经暗了下来。吉良兵曹长是否期待我命令士兵站起来后再给他们一顿训诫？或许他让士兵们感受到了痛苦便十分满足了。我不清楚。他犹如身负千斤重担拖着双腿逐渐消失在居住区的背影，奇妙地停留在我的眼中而无法驱散。他所做的，不就和外面的下士官们所做的一样，将自己当士兵时所受遭受的痛苦，偿还到现在的士兵身上，不就是那么简单？如同顽疾，占据吉良兵曹长心灵世界的某种东西，驱使着他的行动。这远远超出了我的想象力，恐怕连他自己也无法理解的恶毒的魔咒，让他的内心变得无比狂暴。

　　（那种眼神，便是明证。）

　　在接受新兵训练时，我的班长也是拥有这种眼神的下士官，尽管他们性格不同。班长平日里性格温和，阵发性地行为残忍。后来听说他因为某事件被送上了军事法庭。此刻，我忽然想起了这个班长。

　　他们终究是生活在与我完全不同世界里的人。为了弄懂盘踞在吉良兵曹长内心的魔鬼，我筋疲力尽。不过，与其说我对此筋疲力尽，毋宁说比起冥思苦想这种毫不相干的事情，自己已然死期临头，这成了我的心病。自抵达樱岛以来，它便从远处一点点地迫近，不断威胁着我。

　　的确，我焦虑不安。连日来的睡眠不足也让我心力交瘁。

不过,这不是唯一的原因。概言之,我不是彻底的宿命论者。我为什么来到这个南方的岛屿,并且必须葬身此地?虽然在小学的地理课本上见过,但我从未想过会来这里。我无法理解。与其说无法理解,不如说我压根没有想去理解。这从根本上而言便是无解。然而,事态已经变得十分紧迫。我必须清楚自己会以什么方法、什么形式死去。

在密码室和居住区的闲聊中,大家有时会谈论美军将在什么地方登陆。一些传言煞有介事地流传开来。诸如海军预测美军会在吹上浜登陆,陆军已经尽遣主力防守宫崎海岸,等等。冲绳一役已经全军覆没,大和战舰的出击也以失败告终。每天翻译的电文中,我方的惨败显而易见。从美军战机连日在上空出没的事态判断,登陆无疑迫在眉睫。就在暗含阴郁杀气的宁静气氛中,季节进入了八月。八月一日深夜,我当班。

弥漫着泥土味的山洞里,昏暗的灯光下,每个人都面带愁容地翻着密码本。不时有人睡眼蒙眬地从收发报室那头送来电报。翻阅密码本的动静让人觉得格外嘈杂。我伸出手接过送来的电报。这是一封特急作战电报。我吃惊地抬起头。难道要发生什么了?我迅速翻开密码本,一字一句写下译文。

"发现敌船三千艘。方位北。"

来自瞭望台的电文。我站起身。

"敌船的消息!"

值班士官倦怠的脸上露出一丝紧张神情。

铃声响起,这一消息立刻通报了参谋室,睡在通往密码室通道上、枕头连成一排的密码员,以及掌密码长、通信兵被一一叫醒。走进密码室时,每个人都双眉紧锁,回避着灯光。大家聚集在指挥官的桌子旁,低声交谈。

电报数量陡增,清一色的特急作战电报。报告、通报、对各部队下达命令的电波,在全日本的上空纵横飞舞。敌船显然直指东京方向。杀到千叶海湾,一举攻下东京,这并非异想天开。

(此刻,东京市民大概什么都没有察觉,沉浸在梦乡中吧。)

忽然,应征入伍前我所居住的本乡,还有我的朋友们,十分清晰地出现在我脑海里。那是和战争毫无关系的宁静的城市,以及和平的人们的身影。我原以为只是落到自己头上的厄运,正在转而降临到他们头上。此刻,他们丝毫没有意识到死亡的巨大凶信,在床榻上安稳地熟睡。忽然,一个念头伴随着剧烈疼痛刺中我的心肺。

(假如美军从东京登陆的话,我所在的樱岛不就能逃过一劫吗?)

内心在呻吟着,思绪游走到了这里。

我身后指挥官桌子边上的闲聊声逐渐变高了。不时夹着笑声。紧张的氛围中,大家自暴自弃的心情变得复杂而强烈,互相调侃的声音听上去十分亢奋。

"军令部和东通那些自以为部署得万无一失的家伙,这下要抓狂啦。"

"现在再怎么埋怨都来不及了。"

"不过,有办法逃出关东平原的吧。"

有人插嘴道。

"特攻队会出击吗?"

短暂的沉默。这种沉默,犹如压在身上的重负,令我透不过气来。有人冷不防地调侃:

"反正明年这个时候,我们就在佐世保港或什么地方扛小麦粉了。"

大家低声笑了起来。

"到了那时候,就不管你是士兵和准士官咯。"

忽然,一个声音打断了聊天,语气和开玩笑截然相反。

"说什么蠢话!"

严厉并充满怒气的声音。笑声戛然而止。我略微侧了侧身,瞥了一眼身后。

"别在军人面前说这种无知的话。"

是吉良兵曹长。我不知他什么时候进的密码室。我不想让他注意到自己,回过身子,装作在翻阅密码本。吉良兵曹长说着,人好像站了起来。气氛变得十分紧张。

好像有人想要制止。

"开玩笑的。开玩笑而已。"

有人想从中调停。

"没人说日本会输。"

"开玩笑也不行。有的话可以说,有的话不该说——"

"吉良兵曹长,你不用找碴儿吧。"

什么?话虽没出口但我感觉到了双方的敌意。瞬间,我耳朵里传来身体纠缠在一起的声音,有人步履踉跄地就要倒在我蜷缩起来的身体上了。乱数盘哗啦啦地掉落下来,几十个乱片散落一地。急促的呼吸擦过我的脖颈。我身体僵硬,一动不动地注视着密码本。我似乎听到了低沉而空洞的笑声。我不由自主地回过头去。身材高大的吉良兵曹长身体倚靠在支撑坑道的木框上,脸色蜡黄,没有血色,宛如戴着假面那样毫无表情。我觉得自己看到了不该看的场面,不由得背过脸去,此时耳朵里传来呻吟般低微的声音,是吉良兵曹长的说话声。

"打住吧。"

他的意思是别开玩笑了?还是别再难看地争执下去了?他的声音很弱,似乎是说给自己听的。各怀鬼胎的沉默。吉良兵曹长步履踉跄地走出坑道。长筒靴踏在潮湿土块上的声音也随之远去。我感到身后的气氛,紧张过后又重新回归平静。我拼写着今天的电文,手指不停颤抖,怎么都按捺不住。

(发现敌军船队。就因为这一电文,大家亢奋不已。)

对于包括自己在内的一群失态的男人,难以形容的不快情绪涌上了我的胸口。不,不是不快,是近似愤怒的情绪。啊啊,我真想把自己撕成八块,把他们也撕成八块,扔到谷底。我使劲用掌侧"嘿、嘿"地砍着脖颈。每砍一下,后脑勺便感觉一阵发麻，血往上涌——

"村上兵曹，村上兵曹，请检查译文。"

是士兵的声音。我伸手取过译文纸。上面的译文字迹十分蹩脚。

"之前敌军船队的情报有误，是夜光虫。大岛瞭望台。"

苦笑浮现在我脸上。一切都变成了闹剧。假如美军监听到了日本的电台，面对如此突如其来的电波风暴——从大岛飞至小镇、从小镇飞至全国、从部队飞至部队的特急作战电报群，他们会如何解读呢？这里的部队，刚才也接到了来自佐镇的整装待命的命令。此刻，那些机械兵应该也被叫起来开始工作了。当他们发现原来是对夜光虫的误判时，机械兵们会带着怎样的心情重新躺下呢？犹如生理性反应，我忍不住想要疯狂地苦笑。我站起来，将译文交给当班士官。围在指挥官桌子边上的准士官等人的视线，一下子集中到了译文上。读了，谁都没有笑。

"夜光……虫？"

不知是谁的声音，有些激动。

我回到自己的座位，听到当班士官在参谋室打电话的声音。电话机状态不佳，对方怎么都无法听懂"夜光虫"这个词。外面准士官等人疲惫的交谈声，夹杂在电话声中传入我耳中。

"最近，他情绪不太好。"

"性格有些怪癖，那家伙。"

聊天声戛然而止。没必要熬着不去休息，大家各自走出坑道，回自己的寝室。

到了三点，换班的来了。我们交接了一下，一起走出密码室。走出通道，外面一团漆黑。为了让眼睛适应一下，我靠在出口的崖石上，停了一会儿。对岸的鹿儿岛市，有一两处一如既往地在静静地冒着火焰。看上去不像会灭的样子。在与昨晚相同的位置上，同样势头的火焰微弱地燃烧着。

我迈开步子。一只手划着崖石，垂头丧气地边走边想象被误认作敌军庞大船队的夜光虫成群结队的光景。它们在漆黑的大海上，犹如扭动的绳子缓慢移动，闪着紫色的微光，当它们在脑海里浮现时，我的内心变得如同被清洗过一般纯净。我明白这是对刚才那种心情的反动，身心沉醉于多愁善感之中。隐隐的孤独感，痛快地占据了全身。夜风吹在脸上。

我爬了很长时间山道，抵达居住区。走进入口，走近坑道最里面的桌子边，有人坐在桌子上，看着我。是吉良兵曹长。他好像从刚才起就一直保持着那样的姿势，一动不动。

"靠近登陆地点了？"

"据说是夜光虫。"

我回答，解开工作服领子上的纽扣。不知是安心还是疑惑的奇怪表情从他脸上掠过。看上去又有点像受到欺负的孩子般的委屈表情。由于他背着灯光，我无法准确判断。他又闭上了眼睛。

我走到自己的床边，悄无声息地躺下。我用两只手掌一起遮住脸。眼睑不断发痒。在坊津受的伤几乎痊愈了，留下的伤疤好像变成了皱纹。我用手指甲去刮那个部位,触碰到眼镜,发出咔嘛咔嘛的声响。我百无聊赖地听着这种声音。

上午当班结束,正午,我回到居住区。当班时,我挨了当班士官掌密码长的训斥。有一封电报送晚了。那是一封监听到的电报,和这里的部队没有直接关系。当班士官显然想向参谋室"表功"。我带着郁闷心情用完午餐,倒在床上睡午觉。我做了一个梦。

我不记得做了什么梦。只是在一个昏暗的地方,什么东西拼命地边走边哭喊。那东西唰唰流着眼泪,走得飞快。它挥着手,迈着步,哭喊着什么。它的身形逐渐变得清晰起来,我醒了。浑身大汗淋漓。我身体感到沉重不堪,梦中的感觉还残留在体内。现实中的我,也和梦中的那个东西一样流着眼泪。我试图抓住那个东西,忍受着身上难闻的气味,一动不动地仰躺着。

(这就算了吗? 就这样吗——)

受到不公对待所产生的反感,粗暴地打破了刚睡醒时的平静心情。我一个人生着闷气。没有特定对象。也不是针对掌密码长。我对将我逼到如此绝境的什么东西感到怒火万丈。突然,极度悲伤的情绪一下子涌了上来。所有的一切难道不是徒劳的吗? 这种空虚的情感,一次次地堆积,又一次次地被粉碎……

我起身,跳下床,叠好毛毯。我一一拉直毛毯的四只角,不由得自言自语:

"就连毛毯也有耳朵——"

失去耳朵的那个乡下小镇的妓女,她是带着怎样的心情活下来的? 那天夜里,那个妓女将她的脸埋在我胸口,断断续续地对我讲述自己的身世,还有上小学时被别人称作"独耳"的故事。即便是卖身,因为没有耳朵,也只能去那个穷酸的乡下小镇上的妓院。在如此不公平的遭遇中,是什么样的意志支撑她活下来的? 那个女人寂寞的侧脸,忽然在我的眼底复苏。伴随着孤寂的感慨,她那贫瘠肉体的记忆也浮现在眼前。

(除了沉醉于这样的伤感,将自己的情绪从周围孤立开来之外,我有什么办法平复此刻的怒气?)

我的青春已被埋葬。樱岛的生活,已经成了余生。我不由自主地用力将叠好的毛毯胡乱堆在一起,穿上外套,走出山洞。午后强烈的阳光刺痛脸颊。我打算去爬山。

我登上石路,穿过树林便到了瞭望台。栗子树底下先前见过的那个执行瞭望任务的男子认出了我,露出了淡淡的笑容。他看上去有些无精打采。

"又来了。"

我点了点头,站在瞭望台上,环顾四周。烈日下的风景,甚至能让人的内心变得晴朗。

积雨云耸立着,闪着白金色的光亮,在数百丈的高空翻腾,貌似沉重无比的立柱。地面上可以望见鹿儿岛西郊的鹿儿岛航空基地,损坏的飞机库和烧焦的铁柱看上去十分渺小。被烧糊了的市区街道向东连绵不绝。环绕在街区周围的山脉郁郁葱葱,分外美丽。谷山方向笼罩着白色的沙尘,块状的红土地笼罩在薄雾中。唯有自然是美丽的。人类制造的废墟,是如此猥琐和丑陋不堪。我在草地上坐下,男子和先前一样,并排坐在我身边。

"瞭望哨也够辛苦的吧。"

"没什么了不起的工作。"

"你看上去有点憔悴,身体不舒服吗?"

"累的吧。"

男子转动身体,用手指着湾内各处。

"这一边的湾内有三艘潜水艇。"

"嗯,电报上说了。不是自己人?"

"您原来是通信科的啊。不清楚是敌方还是自己人。"

"电报上好像说了,忘了放自己人的标识了。"

"是那样啊。"

男子沉默了片刻问道:

"您是通信科的——我想问一下,特攻队,究竟怎么了?"

"完蛋了。好像都被格鲁曼干掉了。"

"果然完蛋啦。"

他叹了口气,接着说道:

"特攻队,那真的太惨了。"

"太惨了? 惨什么?"

男子又沉默了。不一会儿,他似乎控制着情绪,一字一句说道:

"木曾义仲不是在牛身上绑上火把将它们赶入敌阵吗？那些牛就是特攻队员啊。一想到这些,我就觉得特攻队的年轻人太可怜了。死得不明不白——"

"你也有孩子吧?"

"有时候我看到练习机的编队从头上飞过,那也是特攻队吧?"

"是啊。——太过分了。"

男子的脸,在光线下看上去毫无血色,表情十分疲惫。

"你要注意身体。住在坑道里会伤身的。"

"鹿儿岛上,过去好像生活着名叫土蜘蛛那样的种族,和熊袭差不多。我们和他们一样,也住在山洞里。"

"你老家是东京?"

"那个种族已经灭亡了,肯定是弱小种族。"

"多了好多蝉啊。吵死了。"

蚱蝉停留在各处的树上,抓住当下的时机疯狂地叫着。

"蝉? 啊,你是说的蚱蝉吧。秋蝉今年还没有出来呢。"

男子露出白牙,发出神经质的笑声。他的肩膀非常消瘦,穿着的军服不合身,看上去像身体没长成熟的少年。我隐隐地感到不安。他双手搁在后脑勺下躺在我身后。今天好像飞机不会来。男子低声开口道:

"最近我在思考死亡美学。"

声音听上去很感慨,仿佛是说给他自己听的。

"废墟其实很美吧。"

"美吗?"

"我觉得人有求死的欲望,和求生的欲望一样。我觉得有这种欲望。在烈焰熊熊的大自然中,人像飞蛾一样,脆弱地走向灭亡。美得不可思议。"

他变得自言自语起来。

"最近,我发现了一桩奇怪的事情。"

"什么事?"

男子将拿在手里的双筒望远镜递给我,用手指着侧面的山谷。

"那里能看到有户人家吧,是农家。再向右一点。对,就是那儿。请用望远镜看。正房旁边不是能看见一间小房子吗? 那里,屋檐下挂着东西,看见了吗?"

我从望远镜中看到小屋门口倾斜的横梁上,挂着一条长长的绳子模样的东西,在风中轻摆着。有个孩子,蹲在小屋前的地面上玩耍。我不明白他要让我看什么。他想表达什么? 我猜不透他的用意,将望远镜还给他,注视着他的脸。

"怎么说?"

"那户人家是农民,在很远的什么地方应该有农田。那家的一对夫妻好像每天扛着锄头出门。家里还有个爷爷,病了很长时间,好像睡在正房最里面的屋子里。有时也出来,去小屋边上的厕所。他看上去行动不利索。从望远镜里看出去,貌似很危险的样子。大概病了很长时间,很受家里人嫌弃,老是挨媳妇的骂。那个媳妇每天中午回家做午饭。他们家还有个男孩,脑门光光的七八岁的男孩。也常常欺负爷爷。当然,我是用望远镜看到的,听不到声音。我是从他们没有声音的举止中推断出来的。就是这么回事。小男孩欺负爷爷,可对爷爷来说,那是自己的孙子,只有疼爱。"

"这你都看出来啦。"

男子声音沙哑,扑哧笑了出来。

"我觉得就是那样。从爷爷的立场来看,他被儿子夫妇嫌弃,毫无盼头,所以有一天,我从望远镜里看到了那个场面。那天白天,太阳毒辣辣的,爷爷爬出套廊。他下到院子里,朝小屋方向走。我以为他上厕所。一看,不是。他从小屋里费劲地拿出一只板凳和一条绳子。我寻思他要干什么,不料他把凳子放在门口,想要爬上去。但他身子不利索,爬了两三次都摔倒在地上。我一下子担心起来,握着望远镜的手也开始出汗。最后,他终于爬上了凳子,够到横梁,把绳子系在那上面。他用垂下来的绳子系成一个圈,拉了两三次,好像是测试一下强度。"

"——上吊。"

"他好像觉得那样差不多了,望了望四周。他看到男孩就在自己身后两米远的地方,像个影子一样站着。孩子目不转睛地看着爷爷,一声不吭。爷爷吃了一惊,这我看得清清楚楚。爷爷将绳子牢牢抓在手里,回过头去的姿势僵在那儿,凝神望着孩子。孩子也像石头一样默不作声地注视着爷爷。他们大概对望了十分钟,一动不动。爷爷突然两腿一软,从凳子上摔了下来。男孩没有任何反应，也不出手帮助爷爷。爷爷爬到套廊边上，趴在脱鞋的地方。我看到他肩膀在抖动，抽抽搭搭地哭了很长时间。真的很长时间。"

男子上半身坐起。

"刚才你也看见了吧。那个，就是那条绳子。"

我忽然对眼前的这个男子产生了一种厌恶感。说不清理由。我用不怎么友好的语气问道：

"让你心情不好了吧。"

"——残忍，我觉得很残忍。究竟是什么很残忍？是爷爷不得不做那样的事情很残忍，还是目睹这一切的孩子很残忍？或者说，我偷偷地用望远镜把这个秘密的场景看在眼里本身很残忍？我不清楚。我好像是咬着牙看着这一场景的。"

男子抬头眺望天空。当空的太阳射出刺眼的光亮。

"是吗？人在别人看着的时候是死不了的吗？不是一个人的时候，死不了吗？"

男子用一只手遮挡阳光。在强烈的光线下，男子看上去正在破涕为笑。

下午当班结束后我走出坑道，火烧云将天空染得分外鲜艳。听说今天是供酒日，来换班的士兵中有人眼睛通红。我当班时，就在换班的前一刻，来了一封紧急电报。我将它翻译了出来。

在走回居住区的途中，我一直在想这封电报。这是一封具有决定性内容的电报。

走进居住区,通道中央,桌子连成一长条,大家靠坐在桌子边上。桌上的啤酒瓶排成长龙。香烟的烟雾在坑道中弥漫,啤酒瓶、玻璃杯哐当哐当碰撞在一起。我走到里面自己的位子上。看着大家将啤酒咕嘟咕嘟倒进酒杯,我感觉自己很不适应这种嘈杂的氛围。桌子上流着白色的泡沫。我脱下上衣,把酒杯举到唇边。微温的液体,带着舒适的厚重感,越过喉咙直线而下。

电信科前任下士和吉良兵曹长坐在我对面。前任下士脸涨得通红,吉良兵曹长则脸色苍白。我听着两人的对话。

"听说一栋大楼连一点残骸都没留下。"

"一点都没有吗?"

"好像非常惨。"

"在哪儿?"

"广岛。"

我听得模模糊糊。吉良兵曹长将脸转向我。

"村上兵曹,收到什么电报了吗?"

他浑浊的眼神在放光。我想起交接班时收到的电报。

"苏军越过国境了。"

我的话似乎让吉良兵曹长受了不小刺激,不过,他的表情并没有什么变化。他沉默着将啤酒一饮而尽,长长的手指焦躁地在桌上无意识地敲了两三下。

"苏联参战了吗?"

"不清楚。电报中只说正在交战。"

我目不转睛地注视着吉良兵曹长的脸。他漠然的脸上浮现出近似微笑的表情。是让人不寒而栗的冷笑。我不由自主地移开视线。我倾斜着酒杯，将啤酒灌进嘴里。我又拿起瓶子，将啤酒倒进酒杯。终于来了醉意。一种从手足的指尖开始徐徐蔓延的倦怠感，惬意地渗透全身。

离得很远的桌子边上，聊天声逐渐高了起来。有人赤裸上身，汗珠不断往下滴。出口一侧，薄暮开始降临。都见鬼去吧，我心里想着，胳膊肘支在桌上，一杯接一杯地自斟自饮。

醉意开始上头，意识逐渐变得模糊起来。各种各样的事情，浮现在脑子里，又随之消失。我迷迷糊糊地想起在坊津生活的那段日子。那个时候还算过得去。在我调离时，坊津邮电局的女职员送了我二十张明信片作为饯别礼物。那些明信片装在背包底层，一张都还没用过。

忽然，我被自责的念头击中。来樱岛之后，我没给家里写过一封信。家里的老母甚至不知道我在樱岛吧。家兄是陆军，现在菲律宾岛上，可能不在人世了。弟弟已经战死在蒙古战场。悲凉的感觉，犹如疾风骤然袭上我的心头。付出如此大的牺牲，究竟能让日本这个国家达到什么目的？徒劳的牺牲——如果说这真是徒劳的牺牲，我该向谁发出怒吼？

山洞里的聊天声，开始变得吵嚷起来，出口附近的桌子那头忽然响起走调的歌声，随之有人附和，不断有各种声调加入其中。他们唱的是《同期的樱花》。大家边唱边用啤酒瓶底敲击桌子。歌声忽高忽低乱成一片，忽而又转换成新的歌曲。我支在桌子上的手臂，感受到了敲击桌子传递的震动。连我自己都意识到了，此刻我两眼发直。我又打开新的啤酒倒进酒杯，一饮而尽。

闷头喝得瓶底朝天的吉良兵曹长，挪动了一下身体，正面转向我。他也上身赤裸，肌肉结实的肩膀上渗着汗珠，闪闪发亮。他用低沉的近似挑衅的语气问我：

"你对士兵们说战争今年就会结束，是吗，村上兵曹？"

"没说过那种话。"

讨厌的、偏执的目光执拗地注视着我。我按捺不住地想揍他，抓着酒杯的手在微微颤抖。

"这样一直打下去，哪一方都损失惨重，应该不会长期持续下去吧，我大概说过这样的话。"

说着，我不禁对自己的软弱感到恼怒。我也目不转睛地注视着他。

"我无所谓啊，这种蠢事。"

"今年能结束？"

他的语气很执拗，声调似乎有些含糊不清。

"村上兵曹，你怕死吧？"

"我无所谓。"

"你，一定怕死。"

他将脸凑近我，我甚至能看到他眼中的红血管。醉意让我变得大胆。我打算让他领教我的无情，便一字一字用力答道：

"我害怕的话，兵曹长就满意了吧？"

我发现一瞬间，吉良的眼中流露出强烈的厌恶神色。那只是一闪而过。我觉得我不能起身。我没有起身。吉良兵曹长向后仰着脖子，抽筋似的狂笑起来。他的声音在笑，脸上却不笑。桌子底下，我握紧的拳头开始出汗。

一个士兵离开桌子，步履踉跄地走过来。歌声的节奏被打乱了，变得杂乱无章。

"兵曹长，跳舞。"

"跳，跳舞。"

吉良兵曹长忽然停止大笑，用呵斥的语调说道。

士兵半裸身体，奇妙地弯着手，忽然嘴上"咻——咻——"地喊叫着，以极其奔放的速度乱舞起来。他以脚跟为轴心，像陀螺一般东倒西歪地转着圈。他的手如同猫爪那样弯曲，和着"咻——咻——"的喊声上下伸缩。歌声停止了，取而代之的是浑浊的笑声。

"什么啊，跳的什么啊？"

"打住，打住。"

士兵跳得越来越快。不知是他头晕了，还是额头上的汗水流进了眼睛，他闭上眼睛，犹如魔鬼附体一般剧烈地扭动身体。他踉跄了几步，靠在坑道的墙壁上。灰层在灯光的射线中轻轻扬起。士兵露出一脸满不在乎的神情，敬了个礼。

"跳完了，四国的舞蹈。"

歌声重新响起。有人在喝倒彩，听不清喊的是什么。远处传来打碎啤酒瓶的声音。杂乱无章的合唱又开始了。

再见了拉包尔哟　直到重逢
为了暂时的惜别　泪如泉涌

我闭上眼睛。心脏剧烈跳动。我手撑着下颚。脸上沾着灰尘，因此毛毛糙糙的。头剧烈疼痛。我一直在想一件事。

我不怕死。不，怎么可能不怕死。说白了，我不想死。但是，如果非死不可的话，我想死得明明白白。——和这些虫子般的男人一起，犹如被抛弃的野猫那样死在这个小岛上，未免过于凄惨。有生以来，我从未体会过什么是真正的幸福，自己任劳任怨为人生所付出的一切努力，就要这样被埋进泥土里。可是，这不是挺好吗？这不好吗？我不由自主地对吉良兵曹长开口道：

"吉良兵曹长，如果必须死的话，我也只求死得美丽，哪怕只是死的那一刻。"

残忍的笑容在吉良曹兵长的唇角浮了出来。他用不容分说的语调回答，语气中充满恶意：

"我参军以来，在各地打过仗。也去过中国战场。还有菲律宾。村上兵曹。我在烧糊了的原野上，在嗖嗖飞来的子弹中穿梭前进。我是陆战队员，一听到子弹的声音，就觉得自己的额头中弹了。我们趁着子弹声停止的间隙，发疯似的奔跑。

只要被一颗子弹击中,就会重重倒地。同伴在继续前进,只有自己一个人,一个人,在烧成焦土的一望无际的原野上挣扎。渐渐变得不能动弹,没有了呼吸。歪着脸,污血和泥土一起凝固。到了黄昏,到了天亮,几千只乌鸦成群结队来叨啄死人肉,蛆虫也是成千上万啊。不久,夜里下起冰冷的雨,洗白你手臂的骨头、身上的骨头。无法辨认那是谁。就连是不是尸体都不清楚。村上兵曹,你想死得很美吗?美丽地,死去吗?"

说完,他又用让人毛骨悚然的腔调大笑起来。我克制着自己,想起了谷中尉。那个年轻帅气的中尉也对我说过,美丽地死去这种想法太过伤感。这究竟是为什么?只是空洞的情感在无论是谷中尉还是吉良兵曹长的内心都刻下了深深的伤痛。那种虚无,和我内心深藏的对美丽死去的希求没有半点关系。

莫名的忧伤袭上我心头。我不再看吉良兵曹长,空洞的目光注视着桌面。嘈杂声似乎变得愈发激烈。为了让已经不清晰的意识变得更加模糊,我将啤酒灌入口中。很久以来,我似乎会在脑子里忽地清晰地看到令我烦恼的那个东西的形态,每每刚要振作,却又在无意识中一次次摧毁我意志。我究竟为什么活到现在?为了什么?

我,是谁?活了三十年,换言之,我为了明白我是谁而活到了今天。有时我很自恋,觉得比凡夫俗子高贵,有时很自卑,觉得自己不值一提,我在这两种情绪之间沉浮,生活得悲喜交集。事到如今,就在死亡迫在眉睫的瞬间,已经抛弃体面和刚强的我，应该有怎样的态度呢？当钢铁的刺刀刺进我身体，试图消灭我这样一个个体的瞬间，我会逃跑吗？我会匍匐在地上乞求饶命吗？或者我会赌上一生的荣耀与之战斗吗？这一切，只有在那一瞬间出现的时候才会知晓。三十年的探究，也只有在那一瞬间才能揭开谜底。对于我来说，比起敌人，我更害怕那一瞬间的降临。

（是吧，你会死吧？怎么死法？喂，你告诉我呀。你会怎么死？）

没有耳朵的妓女这么问我时，她的声音好像在哭，又像是克制住了歇斯底里的大笑。在酒醉后的耳鸣深处，我再次清晰地听到了那个梦幻般的声音。我向后仰起脖子，头抵在墙上，闭上眼睛。脑子里有蝉鸣声。不知其数的蝉虫大军，在头盖骨里面放肆地鸣叫——

山洞里的这场奇特的酒宴，愈发趋于狂躁，气氛开始笼罩上了杀气。风从洞口吹进来，歌声重新响起。桌子吱吱嘎嘎晃个不停。我睁开眼睛。管他苏联参不参战。我用力摇了两三下头，试图摆脱刚才的那些想法。我想唱歌，发软的双脚狠狠踩了几下地面，手扶桌子想要站起来。吉良兵曹长的声音在空中回荡，似乎穿透了山洞。

"士兵，拿军刀上来！"

他看上去已经醉得失态，眼睛发直，脸色苍白。他想站起来，但身体失去了平衡，膝盖撞在桌子上。啤酒瓶倒下，发出很大的响声，白色泡沫流了一地。他一只手支在桌子上，望着下座。

"我要表演剑舞，快拿来，把军刀拿来。"

说着，他摇摇晃晃地走上前去。

在杂乱的噪声中，有人发出了近似野兽的吼声，开始吟诗。我听不出是谁的声音。吐字和节奏都不清晰。吉良兵曹长拔出军刀。响起了零零散散的掌声，但很快停止了，转而变成了笑声。我听见了两个吟诗的声音重叠在一起，起承也十分怪异，在不断延续。吉良兵曹长高举军刀，上身前后摇晃。他忽然瞪大眼睛，军刀沿墙壁砍下。他拉开身体，拳头举到眼前。他踉跄了几步，眼看就要倒下，猛地抓住了我的肩膀。军刀从他手中脱落，悄无声息地掉到地上。

"村上，喝。放开喝。"

我的肩膀被他抓在手里，痛得发麻。为了挣脱他的手，我挺起肩膀，又将左手伸向新的啤酒瓶——

下了山，我在轮船码头的放水塔下面洗衣服。万里无云，夏日炎炎，但不断有风从东南方向吹来。洗出来的衣服应该很快能晾干。放水塔周围聚集着很多士兵在洗衣服，他们几乎都很年长。我听着在我身边洗衣服的士兵和另一个士兵搭讪。

"听说苏联参战了。"

"嗯。"

两人沉默下来，没有了下文。被搭讪的士兵看上去心情很糟。他们洗衣服的肥皂泡,聚成一坨白色堆积物流到我面前的水沟里。

自从鹿儿岛的报社被烧毁后,这里的部队不可能再收到报纸。我亲耳听到掌密码长在士兵面前训话,不允许泄露苏联参战一事。但这一消息还是在几小时后不胫而走。懈怠的氛围已悄无声息地笼罩着部队。虽然无法明确说出表现在哪一点上,但就像腐朽的气味那样可以闻到。士官们在沿岸大道旁搭起帐篷,整天无所事事、提着簸箕进出坑道的士兵们,行动也慵懒不堪。

我抱着洗完的衣物,穿过沿海大道登上山坡。我边观察着地形边抖开衣物,挂在居住区前面的大树上。若被上空发现的话,会有很多麻烦。我走进坑道,从背包里取出信纸。我坐在桌前,展开信纸,一动不动地思考着。

不一会儿,我在信纸的第一行写下:"遗书"。我放下钢笔,凝视着眼前的墙壁。

我压根儿不知道要写什么。尽管觉得有很多话要写,一旦下笔,便觉得什么都不值得一提。也不是具体写给什么人的遗书。我开始生闷气,起身把信纸撕得粉碎。

走出坑道,我往山丘的上方走去,心情变得十分忧伤。我为什么要写遗书?我想对什么人倾诉。可我要倾诉什么呢?一旦诉诸文字便成了虚妄。我想让别人知道我行文之前的痛苦。

(即便有人觉得这种事情是多愁善感的产物,但只要能从中获得内心的救赎,不也值了吗?)

走到道路尽头,进入树林。这是通往瞭望台的方向。那里开阔的视野,也许能给我一点慰藉。我抬头仰望天空,透过纵横交错的枝叶,斑驳的光线照射在我脸上。

忽然,我竖起耳朵,隐约听到了机器的轰鸣声,混杂在暴风骤雨般从空而降的蝉鸣声中。我从树林的侧面跑出去,仰视天空。从布满碧蓝光线的空中一角,传来仿佛刺破空气的尖厉的金属声。我看见了一个黑点。它逐渐变大,变成了飞机的形状,气势汹汹地朝这个方向飞来。不祥的预感掠过我脑海。它一定是冲着部队目标来的。我跑进树林,喘着粗气,不停地跑。恐怖的轰鸣声,加速度地向我迫近,在我的耳朵里不断膨胀。我汗流浃背地往树林深处跑着,此刻,剧烈的轰鸣声已经到了我的正上方。忽然,战斗机一侧发出令人两腿发软的密集的响声,它开始用机枪扫射。我不由自主地倒地,匍匐在地面上,就在这一瞬间,战斗机的巨大黑影如一阵飓风掠过地面,疾驶而去。

我的脸颊紧贴地面,双目紧闭。心脏剧烈跳动。喉咙口似乎被什么东西堵住了。我喘着粗气睁开眼睛。正午时分的泥土气息刺入鼻腔。轰鸣声终于消失在远方。

我慢慢爬起来,拍了拍身上的尘土。我用手帕擦汗,透过枝蔓的缝隙观察天空。飞机应该已经飞远了。我迈动步子。

此前,我在瞭望台望见格鲁曼时,虽然举止有些狼狈,但没有觉得害怕。而眼下令我费解的恐惧究竟是因为什么? 令我牙齿不停打战的强烈恐惧来自哪里？

这几天,思考死这一问题所产生的低迷情绪,犹如肉体上的皲裂,无疑让我的内心倍感受伤。在走上通往瞭望台的小路时,我歪着嘴唇苦笑起来。

(打算写遗书的人,如同胆小的蜥蜴,为了活命抱头鼠窜。)

我的内心,涌起苦涩的自嘲。

我登上瞭望台。环视四周,不见瞭望哨上的那个男子。忽然,我发现栗子树的树荫下有个白色的东西。

(他还在隐蔽?)

我感到奇怪,靠上前去。栗子树荫下,瞭望哨男子匍匐在地面上,他一动不动,甚至没有听到我的脚步声。他在地面上伸开的两只手,十分不自然地弯曲着。沾满尘土的侧脸煞白,毫无血色。我大吃一惊,站住了,我看见了草地上一片刺眼的血色。我仿佛冷水浇头,僵立在那里。

"……"

今年刚刚现身的秋蝉,在尸体轻倚的栗子树的中段,犹如地狱里的使者,带着不祥的韵律轻声地、执拗地叫着。突然,滚烫的泪水涌入我眼眶。

(他一定是听着这里的蝉鸣声死去的!)

我单膝跪地,抱起他的上身。他的脑袋无力地转向了另一侧。邋遢的胡子有点长,紧闭的眼睛凹陷进去,似乎变了一个人。子弹击穿了他的额头。血流到太阳穴,成了一条线。

他的表情并不痛苦。从他微张的唇间,隐隐可见黑乎乎的牙齿。我的手臂上感到了沉甸甸的分量,我用手背擦了擦眼泪。

我从没问过他名字、身世、出生地。对我来说,他只是生命中的一个过客而已。他所说的美丽的死,无非也在为自己不得不死在此地寻找能够接受的理由吧。他必定惶惶不安于不祥的预感,一次次地告诉自己会死得多么美丽。他一定煞费心思,苦苦思索并让自己相信这一支撑自己死亡预感的理由。

(为什么,死可以是美丽的?)

我咬着牙,将他的尸体放到地面。他为什么要放弃活下去的热情?男子用动听的语言欺骗自己的内心,在秋蝉的鸣叫声中,终于安心地死去了。

风把男子邋遢的胡子吹得微动起来。尸体的脸上似乎含着一丝笑意。突然,说不清是亲近还是厌恶的莫名情绪笼罩心头。我站起身来。我在横躺在栗子树下的尸体身上看到了自己步履蹒跚的影子。

我喘着粗气,走向电话机。拿起听筒,一个声音猛地飞入耳朵。

"报告格鲁曼的动向。已飞走了吗?"

"瞭望哨,死了。"

"啊?是格鲁曼。为什么不早报告?"

"——瞭望哨死了。"

我直接挂断电话机。

　　我捡起男子的略帽,在他身边蹲下,盖在他脸上。我起身,屏住呼吸,一伸手,抓住了一只不停尖叫的秋蝉。原本很有节奏的蝉鸣,在我手中变成了狂乱的叫声。它急速拍打着翅膀,我的手感到烧灼般的刺痛。才出生的幼虫,竟然有如此惊人的力量。它突然勾起了我残忍、暴虐的心理。我用力捏掌心里的秋蝉,将它放进军服口袋。秋蝉恶心的体液,在我手掌心扩散开来。我强忍恶心的感觉,低头看了一眼男子的尸体。

　　还没有人从山下上来。轻度的眩晕伴随着战栗,开始在我后脑勺扩散——

　　那天一大早便接到命令,天皇要发布诏敕,除了当班的官兵,全体集合。虽然我看到了一封和驻扎在此地的部队有关的电报,对相关内容有所了解,但自从来了樱岛,由于不看报不听收音机,我已经有了远离喧嚣世界的感觉。因此,我不是十分清楚天皇发布诏敕意味着什么。不过,从之前没有发生过这种事情这一点上来看,我能够想象事态一定十分严重。担心让我变得情绪焦躁。

　　上午我当班,所以没能去听广播。当班结束后,我立刻回到居住区。广播是在山下的广场上进行的。大家想必都集中在那里。我在居住区吃完午饭,还不见去听广播的人回来。

　　"那么长的广播。"

　　我点了一支烟,走到坑道门口。山下的海湾微波荡漾,秋蝉在各处鸣叫。阳光有些燥热,不过,多少有了些已经开始进入初秋的迹象。我一抬头,望见士兵们正三三两两走回居住区。广播应该结束了。

"什么广播?"

我抓住一个正往坑道走的年轻士兵问道。

"信号太差了,听不清。"

"噪音太大,完全没有听清。"

另一个士兵也这么说。

"那也够长的。"

"听完广播,还听了队长训话。"

"说什么?"

"——大家不好好干活,有人偷懒,有人趁机睡觉。战争胜利了,想怎么睡就怎么睡。现在不为国效力更待何时,这是队长的原话。"

"战争胜利? 他是这么说的吗?"

"是的。"

士兵敬了个礼走进坑道。我扔掉烟头,向密码室走去。

昨天,通信长来密码室,检查密码本。他说,现在这种形势下无法预测敌方什么时候登陆,为了临阵不乱,现在可以将不用的和不常用的密码本销毁。他决定今天下午烧密码本,我也打算一起参加。

快抵达密码室时,遇见两三个士兵扛着沉重的木箱。

"密码本吧?"

"是的。"

我们走上登山道。和我同级别的电信科的下士提着汽油瓶和跟在后面的一行人走在一起，我也和他们一同返回山上。

隔着树林，瞭望台反方向的斜坡上有一小片洼地，士兵放下木箱，坐在上面擦汗。我们一走上前，士兵便起身开始往外取密码本。千篇一律红封面的大小密码本，有的已经翻旧了，有的还是新的，它们在洼地里被高高堆起。

电信科的下士绕到对面，从那一侧浇上汽油。我点上火柴。青色的火苗燃起后，红封面犹如活着的生物开始卷曲躯体，顷刻变成了红色的火焰。

隐隐的忧伤堵在胸口。我开口问电信科的下士官。

"今天的广播是什么内容？"

"听说是本土决战的敕书。"

"你听谁说的？"

"电信长说的。吉良兵曹长也是这么说的。"

我注视着火焰。风不时地将热气吹到脸上。我原以为厚厚的密码本烧不透，不料纸张翻动了几下后又重新燃烧起来。淡淡的烟雾顺着风势飘上天空，布料燃烧的气味四散开来。耳朵里还时不时传来烧到什么东西时的噼啪声，并向外迸着火星。

"快要登陆了吧？"

我用木棍戳着密码本，把它们拢到一块儿，又蹿出新的火焰。烟雾聚成一团飘向空中。

"别弄出太多烟,把格鲁曼招来就麻烦了。"

"今天不会来。昨天也没来。"

的确,格鲁曼射杀了瞭望哨的男子后,昨天和前天都没再出现。我寻思,飞机不来,是不是意味着登陆迫在眉睫了。难道是敌方已经停止了零敲碎打式的袭击,进入了大举行动的准备状态?

(登陆地点,不管是吹上浜还是宫崎海岸,这里都已经没有了退路。)

即使逃入山中,那么浅的山体看来也无处可藏。尤其这里是水上特攻基地,震洋艇和回天鱼雷再次走上不归路后,已经不再执行任务了。一旦美军登陆,面对只有步枪的士兵们该怎么下达命令?

我望着火焰发呆。烟雾在大白天的光线中看上去是透明的。山上悄无声息,只有火焰中的爆裂声打破宁静。士兵聊天的声音听上去十分遥远。随风飘散的烟雾的另一侧,樱岛山如同巨人巍然耸立。眺望着樱岛山,我的心情逐渐平静下来。

管他呢,没有退路就没有退路吧。我决定不再去思考任何问题。就算不能死得从容,我也要有我的死法。我的尸骸埋到土里,变成无机物之后,日本会发生什么,会刮什么风,一切都与我无关了。我必须从容、沉着地活到死的那一天。

"村上兵曹,木箱也一起烧了吗?"

"嗯,烧了。"

　　木箱吱吱嘎嘎地被拆散，一块块木板投入火堆。由于换成了新的材料，火焰变得犹如麦芽糖那样扭扭捏捏地燃烧。我下意识地将手插进口袋。手指触到了有点扎手的不知什么小东西。我抓住它，取了出来。原来是大前天逮到的秋蝉的尸体。它已经完全干枯了，单侧的翅膀已经脱落。我在手掌上转动它，发出沙沙的响声。我避开其他人的视线，偷偷将它扔到火堆里。它消失在密码本留下的纸灰中。

　　死的瞬间，人会回忆起自己一生中所经历的一切，即便肉体死亡，人的脑髓也还会存活几秒钟，感受剧烈的痛苦。这些由活着的人制造出来的传说，究竟是否可信？瞭望哨的男子死后，表情格外安宁，但并不像是解开了人生所有秘密之后才死去的模样。那已经不是军人，而是平凡的城市居民死后的表情。我将他抱起时看到他军服领子上的污垢，不知为何，我感慨万千。

　　到了傍晚，密码本已经全部烧毁。我们拍打了几下衣裤，又确认了是否遗留没有烧掉的东西，随后返回驻地。

　　走进居住区，吉良兵曹长坐在坑道里，一只手支在军刀上，另一只手握着杯子喝着什么。好像是兑水的酒类。我闻到了淡淡的酒味。

　　"烧完了？"

　　"烧完了。"

　　我将提在手里的上衣挂在床上，走近桌旁。

　　"士兵。"

好像正在整理背包的士兵急忙跑到吉良兵曹长跟前。

"去密码室,问一下有没有今天天皇诏敕的电报。"

士兵敬了一礼,快步跑出坑道。坑道里没有其他人,只有我和兵曹长。大家应该都去挖洞了。我在吉良兵曹长对面坐下。吉良兵曹长用我已经习惯了的眼神回看着我,声音嘶哑地说道:

"就要登陆了,村上兵曹。"

"今天的诏敕广播就是这内容吗?"

"广播内容不清楚。这两三天敌人没有动静,这就是他们在策划大规模作战的证据。你已经做好准备了吧?"

他的笑声中含着嘲讽。

"如果登陆的话——这里的部队会怎么行动?"

"当然是大举出动。"

"特攻队另当别论。剩下的机械部队和通信科呢?"

他看着我,脸上隐隐现出了不快的表情。他一口喝下杯子里的酒。

"战斗。"

"武器,怎么办? 况且补充兵和国民兵大多数人已经超过四十岁——"

"补充兵也要战斗。"

他的语气很强硬。

"有竹枪。"

"他们受过训练吗?"

吉良兵曹长注视着我,眼睛里突然露出凶光。不能退缩。放自然。我这么想着,回看着吉良兵曹长的眼睛。

"不需要训练。肉搏战。村上兵曹,你身在水上特攻基地,连这点精神都不明白吗?"

"与其命令他们去挖不知什么时候才能挖完的山洞,不如训练他们。这就是我的看法。"

我觉得自己热血沸腾起来,说话也很用力。吉良兵曹长猛地站起来。他隔着桌子气势汹汹地说道:

"绝对不要评论我的方针,村上。不用废话。"

无法言表的悲伤顿时袭上我的心头。我感到内心深处的什么东西在往下沉。我挺起身子,一动不动地注视着吉良兵曹长的眼睛。吉良兵曹长的声音忽然低了下来。

"敌人登陆的话,你觉得我们能赢吗?"

"我不知道。"

"你觉得我们能赢吗?"

"也许能赢。不过——!"

"不过什么?"

"在吕宋岛,日本也输了。在冲绳岛也全军覆没。是赢还是输,不到时候不好说——"

"好!"

吉良兵曹长打断我的话,高喊起来。和野兽的叫声毫无二致。他的视线犹如玉珠散发着可怕的光芒,从正面向我射来。

"敌人登陆的话,我,要用这把军刀——"

他用一只手狠狠地拍打刀柄。

"我要对着胆小退缩的混蛋,一个个砍掉他们的脑袋。村上。左一个,右一个,砍掉那些混蛋的脑袋。明白不？村上。"

我不由自主地想要起身。坑道入口,刚才的那个士兵的身影闪了进来。他漫不经心地走近我们。他双脚并拢,挺胸,恭恭敬敬地敬了一礼,随后语气清晰地说道。

"中午的广播,是结束战争的诏敕。"

"什么!"

我双手支在桌上,弓着腰,情不自禁地喊起来。

"是结束战争的诏敕。"

剧烈的战栗从头顶传到指尖上。我觉得自己支撑在桌子上的右手开始打战。我转脸注视吉良兵曹长。他面无表情,嘴唇微颤,似乎要和我说什么,但没开口。他倒在凳子上。我清楚地看到他眼中的泪珠滴了下来。我转向士兵。

"行了。马上去密码室。你先去。"

我离开桌子。因为过于兴奋,我脚步踉跄。不知如何形容的复杂情绪,在我的胸口四散。我走向挂着上衣的床铺,后背直觉有个身影,我转过身去。

暗淡的灯光下,吉良兵曹长双手支撑在军刀上,坐在木纹纵横的桌子前,目光空洞地注视着墙壁。桌上的酒杯已经喝空了,四周寂静无声。最深处的发报室,被黑暗吞噬了。

我转身来到床前。我想穿上上衣,伸手取衣。忽又觉得不知什么东西从我身后逼近而来。我不由自主回过头去。

吉良兵曹长一如既往地保持着刚才的姿势，在那里一动不动。还有布在头顶上的电线、桌上的酒杯、脏兮兮的墙壁。我用手抓住床沿，三次回头望去。

吉良兵曹长依然坐在桌子前。他已经拔出军刀，将脸贴近刀身。厚厚的刀身在昏暗的灯光下闪着白光。吉良兵曹长中邪似的凝视着刀身，全身笼罩着可怕的杀气。我从他微曲的身体、饿狼般的眼神中，看到了不属于人类的凶残的意志。我靠在床铺上，注视着他。不可思议的感慨让我浑身颤抖。我清晰地听见自己膝盖碰撞在一起发出的微弱声响。我睁大眼睛，令人血液凝固的毛骨悚然的时间在流动。

吉良兵曹长的身体动了起来。闪着刺目白光的刀身顺着他的手势滑入了刀鞘。我听见军刀护手碰到刀鞘，发出清亮的响声。这个声音，渗入了我的内心深处。吉良兵曹长换了一个持刀的手势，起身，目光向我射来。随之，他痛苦地对我低声说话。我一动不动地听着。

"村上兵曹。我和你一起去密码室。"

走出坑道，晚霞绚丽地洒在海面上。暮色笼罩着道路。吉良兵曹长走在我前面。石崖的上方，是被落日染红的樱岛山。沿途，透过树丛时隐时现的红蓝色浓淡相间的山体，如同天空一样美丽。走上石道，我加快脚步追赶吉良兵曹长，突然，滚烫的泪水夺眶而出。我不停地用手擦眼泪，但还是泪流不止。风景在我的泪眼中变歪，分裂。我紧咬牙关，克制着不让自己哭出声来。我的脑海里各种思绪交织在一起。不知道是什么情绪。是悲伤吗？不清楚。只是眼泪止不住地涌入眼眶。我用手掌盖住脸颊，步履蹒跚地一步一步沿坡道向下走去。

日落处

拂晓，队长室派人来了。脚步声拾级而上，在网格门被敲响之前，他已经感觉到有人踩着一地落叶走来，于是努力让自己从浅睡中清醒过来。接着传来了勤务兵佐伯的声音。隔着网格门，他看到一个浅黑色的身影在晃动。"马上就去。"他应声道。他再次闭上沉重的眼睛。军靴底铁钉踩踏楼梯发出的响声在他疲倦的体内来回游荡，渗入四肢的关节。脚步声逐渐远去。

　　不一会儿，他再次起身，动作迟缓地穿上衣服，套上长靴。这是一间简陋的小屋，身体稍一动弹，地板便会嘎吱作响，胳膊触到墙壁时，又会发出"嗵嗵嗵"的沉闷回声。推开合页已经开始生锈的网格门下楼，朝露扑面而来。他抬头望去，茂密的树林枝叶纵横交错，透过树梢的缝隙，天已经蒙蒙亮了，一两颗晨星寥然挂在空中，散发着黯淡的白光。不见身影的小鸟在树梢间追逐鸣啭。远处，野鸡高亢的打鸣声不绝于耳。天朗气清，小路两侧盛开着色彩近似内地待宵草的小花，长筒靴的脚尖不一会儿便被这些小花打湿了。

顺着斜坡往上走,树林变得更加茂密。黑褐色的队长小屋就在眼前。小屋结构简单,只是用木头与竹子随意拼接起来,再用聂帕棕榈树的叶子盖住屋顶。为了防潮,地板搭得几乎和人一般高,脚一踩上去,楼梯便发出吱吱嘎嘎的声响。推开半掩的门进屋,里面还很昏暗。窗前放着一张竹条书桌,队长坐在椅子上,双手支在桌上,似乎没有注意到他进门。风透过门缝吹了进来,摇曳的烛火中,队长表情阴郁、凝重的侧脸时隐时现,这是他从未见过的表情。桌上摆着一只空弹壳做成的花瓶,里面插着两三支黄颜色的花。队长的手指不经意地拨弄着文件夹的合页。他呆呆地环顾室内,在原地站了片刻。躲在天花板暗处的虫子忽然发出了"叽叽"的叫声。队长依旧侧着脸,用手握住倚靠在椅子上的刀把,将军刀直立在两腿之间,低沉嘶哑的声音嘟囔道:

"是宇治中尉啊?"

说着,队长抬头向窗户边望去,表情痛苦地合上双眼。他全身靠在椅背上,继续道:

"——其实今天找你来,是想让你去见一下花田军医。我想,你知道花田人在哪儿吧。"

未等他开口,只听嘎吱、嘎吱的刺耳声响起,队长一骨碌地将椅子调了个头,正面冲着他,情绪十分激动地快速说道:

"杀了他!我的命令!"

微白的晨光透过窗户射在队长头上。近来队长两鬓多出了不少白发。他面容憔悴,烛光在他脸部投上了深浅不一的斑驳阴影,看上去神情异常凶狠。队长目不转睛地注视着他。他胸口发紧,不由自主地向后退了两步。嵌入靴底的小石子在坚硬的木地板上摩擦,发出令人厌恶的响声。他双手不停地蹭着裤子,把全身的重心都落到了一条腿的脚后跟上。摇曳的灯光中,他的表情显得格外紧张而不知所措。不一会儿,他的双颊突然浮现出一丝淡淡的笑容,不过很快消失了。他双脚并拢,稍稍挺起胸脯,想要说什么。未及开口,队长眨巴着眼睛,语气沉重但夹杂着些许关心地说道:

"找个枪法准的下士官一起去。"

说着,队长扭过头去,又自言自语:

"花田是射击高手。"

他望着队长稀疏的头顶,感到全身猛地受到了电流般的冲击,泪水快要夺眶而出,但他似要赶走那种情绪,抬起头铿锵有力地答道:

"我,去见花田中尉,杀了他。"

队长一语不发,依旧扭着头,轻轻挥了挥右手表示许可。他行了军礼后推开门,一步一步走下楼梯。下楼梯时他不停回头张望。透过门缝,屋内摇曳的烛光射在地板上,只有灯影在轻轻晃动。后脚的长靴踩在台阶上的咯吱声未落,两脚已经踏上了湿漉漉的平地。

阳光透过树梢的缝隙洒落下来,地面上光影斑驳。密林那一头太阳已经开始升起了吧。林中的树木在吐出新芽的同时，枯叶也在树梢间飘落。这里的风土只存在雨季与旱季，没有四季，植物的生长形态自然也无多变的表情可言。树林中大多是阔叶树。拐过小道，遥远的山下隐隐传来歌声，又忽然消失了。他踩在堆积了一地的落叶上，郁郁寡欢地定了定神，朝自己的小屋方向走去。这是女人的歌声。带着单调哀愁的旋律，执拗地穿过密林，随着行走角度的变化，有时歌词清晰可辨。这也是密林的神奇的特征之一。女人的歌声刚过，又传来嘈杂的合唱声。那是伊洛卡诺族女人们春米时唱的田头歌。这座山的山脚一路向北连接圣何塞盆地，士兵们避开美军飞机的侦查，将从盆地偷运来的稻谷装在小船上连成一排，春米作业一大早大概就已经开始了。宇治双臂交叉，走在浅色光斑洒落的小路上，当鞋尖踢飞黄色的花瓣时，他才意识到自己走路脚尖用力过猛。刚才不经意地环顾队长室时，他的视线被装着勋章的镜框吸引了。它挂在桌旁的墙壁上，用竹子精巧地编制而成。那是队长自己做的，还是佐伯弄来的？队长转过身子时，墙壁晃了晃，几枚勋章在烛光下闪闪发亮。

（队长低着头，看见他头发稀疏的头顶时，我眼泪差点掉了下来，那究竟是怎样的心情呢？）

突然，他的嘴角浮起了冰冷的苦笑。

花田中尉脱离原来的部队已近一个月了。

宇治所属的旅团最初在吕宋岛北部的阿帕里，是菲律宾战役中美军登陆的必至之地。尽管日军构筑了数道防线严阵以待，但莱特岛海战告一段落后，美军又突然发起了仁牙因湾登陆作战。仁牙因的日军防守可谓不堪一击，美军以摧枯拉朽之势逼近马尼拉。此时，美军在阿帕里登陆的可能性开始减弱。部队早已做好了打持久战的准备。但是，阿帕里地区的食物补给难以维系整个旅团。阿帕里一旦变成孤岛，便意味着全体人马将被活活饿死。到了五月底，旅团还是不得已放弃了阿帕里。那是一段极为艰苦的行程，旅团一路沿着卡加延河谷南下。正欲从北边入口进入圣何塞盆地时，从仁牙因登陆的一支美军部队，势如疾风反向北上卡加延河谷，以猛烈的炮火袭击了日军的断后部队。

宇治的大队作为旅团的先遣部队，前一天已经进入盆地。当断后部队遭遇炮火袭击的消息传来时，宇治几乎无法相信自己的耳朵。为了遏制北上的美军，日军紧急调动两个大队的兵力，他们理应早已在卡加延河谷上游的奥利安山口蓄势以待。报告中却称他们在盆地北口遭遇了美军的火力攻击，那无疑表明奥利安山口的两个大队已全军覆没。对宇治等人而言，这一情况出乎意料，而旅团断后部队的官兵们也一定始料未及。美军的炮击堪称无比精准。日军则情报不灵，甚至连敌方炮兵阵地的位置都浑然不知。只有炮弹准确无误地从天而降，伤亡惨重。这件事顿时在部队中引起了不小的混乱。花田军医中尉也是断后部队中的一员。

炸裂的碎片，让花田中尉的勤务兵当场毙命，碎片借着余威，击伤了花田中尉的大腿。据说当时花田中尉抛下遍野的死尸，不顾剩下的伤兵，倚靠在一个原住民女人的肩膀上，向东面穿越密林逃离战场，最后在因塔阿尔附近的一个小村落里落下了脚。宇治等人后来才得知这件事。宇治的大队当时横断盆地，在盆地南边入口附近的密林中解下行囊，分散在临时的小屋和钟乳洞里，一心待命，伺机对土格加劳机场展开游击战，因此，他们并不知晓在北口遭遇了炮火袭击的断后部队的情况。所有人都以为花田中尉阵亡了。但综合北口逃来的伤兵口中的消息，以及在因塔阿尔附近的海军报告，花田中尉的行踪变得明朗起来。

花田中尉虽然腿部受伤，但他毕竟是个军医，见死不救并临阵脱逃实在匪夷所思。尽管真相依然扑朔迷离，消息还是不胫而走。即便从北口逃离，至少应当去和驻扎在南口附近的游击大队会合。不过从圣何塞盆地错综复杂的道路状况来看，也有可能由于不熟悉地理位置而搞错了方向。此外，在因塔阿尔，他腿上的伤口进一步恶化也未可知。但是，对于这一事情的原委，大家最为关注的是那个让花田中尉搭着肩膀的原住民女人。

部队派人找到了花田。花田中尉以伤口尚未痊愈、步行困难为由，并未回归。据差使带回来的消息，密林中有五六间紧靠在一起搭建的聂帕棕榈树小屋，花田中尉和那个女人以及一名一同跑出来的记者一起，三人生活在其中一间小屋子里。另外的几间屋子里还分别住着七八个陆海军士兵。他们有从战场上逃跑的，也有从部队里脱逃出来的。四五天后，队里又派人去找他。花田中尉依然没有回归。

随着时间的推移，粮食问题变得愈发棘手。而在盆地的开阔地带上，稻谷堆积如山。住在菲律宾群岛上的农民们，没有在丰收时节一次性舂米的习惯，只在需要的时候才当场舂米，因此没有预留的精米。部队只好到处收集稻谷，以此充粮，除此别无他法。由于有从土格加劳机场起飞的美军飞机，白天无法运送这些稻谷。只有到了晚上才能设法潜入密林，召集当地居民舂米，补给队里的口粮。不巧的是，断后部队在北口遭遇突袭时，整支运盐的牛车队遭遇不测，宇治所在的大队也因此开始受到缺盐的困扰。说起来没什么明显的症状。起初，脑子里似乎蒙上了一层云雾，昏昏沉沉，自己也能感觉到身体对于刺激的反应变得迟钝。正当大家心里泛起嘀咕时，身体的一部分开始浮肿，猛然起身的话两腿便会打战。这下众人才终于意识到盐分摄入不足。偶尔得到一块盐巴时，大家奉为珍宝，小心舔舐。长时间没能尝到的盐巴，竟不可思议地有了甘甜的味道。宇治心想，原来盐竟是如此甜蜜。比糖还甜。只要舔上一口，接下来的一整天，浑身精力充沛。

即便在如此恶劣的条件下，宇治的大队也未停止对土格加劳机场发动游击战。每天夜里，队里组成新的敢死队，穿越五号公路，对土格加劳机场附近的营帐仓库等地发起进攻。其中，既有以将校为首的较大的敢死队，也有以下士官为主的奇袭队，一晚上分成好几组穿越密林。其中不少官兵，奔赴战场后再也没能回来。半路脱逃的士兵也逐渐多了起来，有时一个不到十人的队里竟出现了七八个逃兵。要说在密林里又能逃往哪儿，但比起送死，因逃跑而死的可能性无疑要小得多。况且，参加敢死队，赌上性命殊死一搏，这本身又有多大价值呢？需要打个问号。厌战情绪在所有官兵中间蔓延。不仅敢死队，连部队本部也出了一些逃兵。宇治手下也有两三人不见了踪影。

宇治是负责武器的股长。他和部下一起，夜以继日地制造用于敢死队突击的破甲弹、深水炸弹等武器，一日不得空闲。制造武器的场地就在钟乳洞内。在钟乳石下垂的洞中，他们终日与火药气味相伴，时而有昔日的部下在敢死队出征前前来诀别。即使到了那种时候，他们依然满脸笑容。他们笑着挥手走出山洞。宇治把他们送到洞口，心想那是生而为人最后的虚荣了，但也抑制不住泪水夺眶而出。那些人，一半没有回来。每当夜深人静，宇治拖着疲惫不堪的身子倒在小屋子里的床上时，常常在心里一个个细数那些一去不复返的同僚和部下。并想到，此刻自己还活着。那不是伤感的情愫，而是充溢在内心的实在感受。那样的瞬间，宇治总会迷迷糊糊地想起花田中尉。算不上头脑清晰地思考，只是在意识的入口注视着花田呆立着的身影。自这个旅团在久留米建成以来，花田是他为数不多的僚友之一。

南口的部队情况还算不错，北口那头的形势要严峻得多。保住号称北吕宋粮仓的这一盆地，对持久战而言不可或缺。倘若失去盆地，整支部队便会被切断退路，逼进深山等着饿死。虽说南口战况还没有那么激烈,但美军正从北口步步逼近。扼守北口的一个大队,官兵们白天藏身于各自的猫耳洞里弓着身子春米果腹,入夜后才到地面上作战。可是,仅凭斗志,完全无法与美军一决雌雄,击退美军已然成了痴心妄想。他们现在所能做的,只有维持持久战的态势,等待来自内地的援军,别无他法。有传言说为支援菲律宾战场,内地的东北地区已集结了两千多架战机,而对此士兵们只是半信半疑。到了眼下的状态,日本的飞机为何还不升空作战? 自美军仁牙因湾登陆以来,天上飞的就只有美军飞机。日军的战机一定在等待敌机"攻入腹地",伺机采取大规模行动。圣何塞北口的官兵们绝望地等待着这一天,而队里的死伤情况则日趋严重。北口多次派人来宇治所属的部队,要求立刻派军医前去支援。甚至前来联络的士兵也面色浑浊发黑,眼中充满血丝,怒气冲天。这是战场上的面容,是原封不动地从战场上带来的表情。

这支扼守南口的部队,也只有一名见习军医和几个卫生兵。仅为救治因粮食短缺患病和染上地方病的士兵,以及在突击中负伤的敢死队员,就已经忙得不可开交。更何况假如美军试图从南口攻入的话,显而易见还会出现更多伤员。眼前虽说倚仗敢死队的突击遏制了美军进攻的势头,但谁也不知道能维持多久。事实上不用等联络员前来,大家都明白北口形势已迫在眉睫。眼下无论如何必须找回花田中尉,派他前往北口支援。最后一名联络官上路了。卫生伍长高城奉队长之命匆匆忙忙赶往花田中尉栖身之处。昨天深夜,高城伍长铩羽而归。

——我是一名高级军医。把高级军医派往最危险的北口地区,动过脑筋没有！难道不应该派南口那些见习军医或者下级卫生官去吗？我无法接受这种无理的命令！

高城伍长用毫无抑扬顿挫的语调,简单明了地汇报了花田中尉的答复。这是一个身上还残留着几分少年稚气的年轻下士官。宇治凑巧也在队长室里,和队长一起听取了高城的报告。制造敢死队突击用的破甲弹和达纳炸药的原料开始出现短缺,宇治此刻正在队长室里商量对策。他的注意力忽然被高城伍长吸引了,这个下士官,年纪轻轻却出奇冷静,脸上没有流露丝毫的情感。队长低声问道:

"你去的时候,花田军医在干什么?"

"军医坐在小屋一角,吃仙都果。"

仙都果是一种可以食用的黄色果实。昏暗的林中小屋里,花田中尉靠在柱子上吃仙都果的模样,忽然清晰地浮现在宇治的脑海里,他身着洁净的衬衣,脸上似乎闪烁着幸福的光芒。

（这是透过那扇窗户窥见的花田中尉的面容!）

宇治毫无情由地打着寒战,打断了自己的想象。

过了片刻,队长又一脸痛苦地低声问道:

"——那,那个女的呢?"

"女的,也在一起。"

烛火摇曳,巨大的灯影在墙壁上晃动。紧接着,陷入了沉寂。晚风从密林上空吹过,树叶沙沙作响,很快又归于平静。此刻,很久以来横亘在宇治心底的一个模糊念头逐渐变得清晰起来。他表情有些僵硬,但装作若无其事的样子,空洞的目光在队长和高城伍长身上来回移动。

被打湿了的长靴的鞋尖沾着两三片黄色花瓣,宇治登上了自己居住的临时小屋的楼梯。此处由于树林较深,几乎听不到春米的歌声。一进门,他便踩着吱吱嘎嘎作响的地板,取下挂在墙上的手枪。这是一把颇有分量的黑色勃朗宁手枪。宇治靠在床沿上,弯着腰仔细检查起来。逐一检查完毕后,他又小心翼翼地将子弹装填了进去。他取出一小块布头,从枪管到枪把来回擦拭了好几遍。他低头重复着这些动作,忽然低声笑了起来。他笑得似乎极其痛苦。他举起枪,止住了笑,挺直腰背,伸出右手对准目标。在他的瞳孔、照门和准星连成一线的那头,是窗外绵延无际的昏暗密林。蔓草缠绕在粗壮的树干和细枝上,藤蔓上挂满淡红色的小果实。他放下手枪,推上保险,再一次发出短促而干瘪的笑声。他往地板上吐了一口痰,回想起了昨晚从高城口中听到花田答复时自己的心情。

花田中尉的那些说辞可谓赌上了性命。他不会不清楚,违抗上司的旨意会带来什么后果,哪怕自己是个高级军医,无论命令怎么无理。从昨晚高城伍长的语气中,宇治无从得知花田是在何种情形下说出那些话的,但听到那一番回答时,他脊背发凉,不禁打起了哆嗦,令人变得口干舌燥的不快情绪也掺杂其中。宇治不由自主地将目光停在了队长的脸上,彼时背对着烛火的队长,脸色极其阴沉。宇治清楚地看到,队长那双紧攥军刀柄的手在不停颤抖。不露声色的怒火,反倒以难以言表的汹涌气势怒击宇治的胸口。即便如此生气又能如何,虽然宇治条件反射般地这么想,但在面对眼前这位再次走马上任的骨瘦如柴的老将校而心生怜悯之前,他感到花田中尉的行为,正成为一种新鲜的诱惑,猛烈地袭上心头,在他眼里,甚至眼下凶险的气氛也与花田中尉无关。

宇治从床上起身,系好武装带,将手枪挂在右侧的腰间。他站在屋子正中央,驻足环视了室内片刻。用聂帕棕榈树的叶子做成的墙壁已略显陈旧,开始起毛。竹子搭成的简陋小床,已经脏得发灰的毯子。自己在这间小屋子里已经生活了一个月。刚吐出的痰如同腐烂了的牡蛎一般,黏在地板上。他凝神望着那口痰,忽然,颓废的情绪令他心生厌恶,他摇晃着直起腰背,顺势用身体推开房门,一口气跑下楼梯。

宇治走进宛如一屁股坐在山坡上的细长的建筑物。这里是部队医务室。屋子中央摆着一张桌子,两三个卫生兵正在桌旁调制金鸡纳霜之类的白色粉末,其中一人抬起头表情疑惑地望了一眼宇治,继续埋头干活。窗户开得很大,屋里还算亮堂,用竹帘隔开的里间则稍显昏暗,成排的病床上好像躺着伤员。空气中散发着带着青草味的病人的淡淡体臭,夹杂着刺鼻的消毒液的气味。春米的歌声忽高忽低，从窗户外传了进来。突然，右侧的小门外，响起了人声。

"说什么迷路了！骗谁呢！你就是想逃跑吧！"

"啪啪"，硬物击打肉体的声音随之而来。

"不，伍长大人，我真的是迷路了！"声音变得很微弱，又十分絮絮叨叨，话音一落，似乎又遭到一顿毒打。

"——听好了。你说的我清楚。眼下的形势，凡是离队，都会被当作出逃，没有理讲。明白了吗？明白了就滚！"

紧接着是强忍的抽搐声。几个卫生兵一脸冷漠地继续干着手头的活。宇治将军刀直立在地板上，双眸紧闭，一动不动地听着门外的吵嚷声。片刻，高城伍长推开右侧的小门，慢吞吞地走进屋子。他双颊微泛着红晕。见到宇治后他停下脚步，用年轻的声音说道：

"见习军医大人不来。"

宇治回头做了一个"跟我来"的手势，一言不发地提刀走了出去。

密林中有条被踩出来的路，沿路向斜下方走，地面上的湿气逐渐浓重起来。几块巨石矗立在斜坡上，小路迂回穿插其中，前方的密林变得稀疏。圣何塞盆地就从这座山的脚下一路向北延伸。透过树梢，能隐约看到沼泽地的对岸，一头水牛正拖着小船缓缓前行，船上坐着三四个男人。远远望去，看不清是士兵还是菲律宾农夫。直通盆地中央的运河，远望如一条丝带，闪着暗淡的波光。宇治停下脚步，背向石头转过身来，目光落在高城脸上开口道：

"我马上去找花田军医，你跟我来。"宇治顿了顿，又说道：

"部队长下令击毙花田。这事你别对任何人声张。"

高城脸上掠过了一丝紧张表情，很快又平静了下来。他露出白牙笑着一般答道：

"是。我谁都不说。"

"赶紧准备一下，来我房间。"

高城敬了个礼正要离开，宇治冲着他的背影又喊了一句：

"——带上手枪！还有，重要的东西也随身携带。"

高城回过头，神情疑惑。宇治移开视线，挥了挥手。随后迈开沉重的步子，与高城背向而去。

忽然，低微的窸窣声从头顶上掠过。宇治抬头望去，成群的候鸟正从树枝的缝隙中穿行而过，数量大概有几百只，一群飞走后又来一群。还能听见啾啾的啼鸣声。它们一群接着一群越过盆地，朝因塔阿尔方向疾飞而去。宇治心想，若是直接横穿盆地的话，虽然路途很近但相当危险，所以还是得绕密林而行。他晃了晃脑袋，皱起眉头，吐出一口痰。淡红色的痰落到了悬崖下。宇治脑海中忽然又清晰地浮现出刚才在小屋地板上见到的那口痰的颜色。

痰里明显掺杂着鲜血的红色。在阿帕里的时候也是如此，每到傍晚，他便感到筋疲力尽，腰酸背痛，在沿卡加延河谷溯流而上的艰难行军途中，竟然咯血了。在当时的形势下，他当然不敢歇息，硬挺着进入了圣何塞。自那之后的一个月，密林中的生活与阳光隔绝,他明显能感到自己的身体每分每秒都在被消耗殆尽。宇治清楚,医务室里也没什么像样的药物,即便去让医生看了也毫无意义,所以他没有告诉任何人,一直拖到现在。今年,他就要三十三岁了。他知道,人过三十岁,病情的进展也会变慢,不过,那是在和平年代的生活状态下。宇治有时忍不住想要嗤笑自己,明知要不了多久便会死在枪林弹雨中,还有什么病需要为之痛苦呢。不可思议的是,当他看到痰里鲜红的颜色时,强烈的求生欲又总是袭上心头。

——走下自然踏出的石阶,便是山洞的入口。山洞深处干燥的风不断扑面而来,他眯起眼睛走了进去。一入洞口便是天然的门厅,部下们早已开始工作。大家一见宇治便起身举手行军礼。正将黑色粉末装填到容器里的松尾军曹露出牙齿笑着道:

"中尉大人,今天面色不大好啊。"

宇治也向大家打招呼,忽然,强烈的羞耻感在胸口弥漫开来。他无法克制这种感觉。尽管踏入山洞前,自以为已经做好了心理准备,可眼前一出现平素见惯的下属士兵的脸,血流还是不容分说地直冲面颊,他脸背对暗处,不悦地说道:

"我今天奉命外出,这里的工作交给松尾军曹!"接着又低声补充道:"回来——不知道什么时候能回来。"

句尾的声音有些发颤。大家默不作声。宇治感觉这种沉默有些许的不自然。他缓慢移动身体,环视洞内。发着白光的钟乳石之间,放着一些用具,士兵们苍白的目光似乎齐刷刷地向他射来,他向后趔趄了几步转过身去,背后传来了松尾军曹的声音。他没听清松尾军曹说了什么,头也不回地向洞口走去。外面已洒满清晨的阳光。当他踏上石阶时,冷汗才在后背冒了出来。

八点三十分高城伍长来到宇治的小屋。稍早前勤务兵佐伯捎来了队长的话——好好干,队长还送了个水壶。拔下塞子,威士忌香气四溢。佐伯一脸诡异地笑了起来,从口袋里掏出两个鸡蛋说:"请。"

"这也是队长给的?"

"不,这是我给的。"

佐伯刚走,高城来了。他一身轻装,只在腰间别着一把手枪。宇治望着高城的手枪,一脸不可思议的表情。他自己也将军刀佩在武装带上,挂上手枪,将水壶斜挎在外侧。随后,宇治将长靴换成了军靴。他推开网格门的同时,如同想要牢牢记住这间屋子的模样一般,回头仔细打量了一番。脱下后扔在一边的长靴,一只竖着,一只横躺在地板上。他眨巴着眼睛,走下吱吱嘎嘎作响的楼梯。"出发。"他低声说道,迈开大步。高城的脚步声紧随其后。

自从日军扎入密林深处之后,为了保持彼此的联络,整出了一条似有似无的小道。茂密的植物很快将小道遮蔽了起来。虽有林立大树遮天蔽日,可地上的植被热气蒸腾,稍走几步便汗流浃背。小道往东北方向延伸。越往前走湿气越重,小道上飞满类似金花虫般的小飞虫,时不时撞到脸上,让人烦躁不堪。宇治边走边询问花田的情况。

花田中尉逃到因塔阿尔时,带了大量的药品,大概用水牛拉了满满一车,他现在就用这些药品和当地居民交换粮食维生。宇治之前就一直想象着花田拼命脱离战场时的模样,若没这点本事,也没法在密林中独自生活一个月。昨天高城是在被两侧杂草丛生的小山坡夹在中间的溪涧小村落里见到花田的。同行的记者已不见了踪影,据说为了寻找粮食和盐动身去了东海岸。从因塔阿尔到东海岸仅此一条道,战火还没有蔓延到那里。

"当时他背靠在柱子上,毯子盖在腿上,没办法判断他腿上的伤势。"

"他说了不服从归队命令吧。是什么口气?"

"——理所当然的口气。"

"屋子里就他一人吗?"

高城走着,沉默了片刻,忽然回过神来似的开口道:

"情妇也在。"

宇治露出不快的神色,耸了耸肩。对于和花田在一起的那个女人,他脑子里至今未曾浮现过"情妇"二字。但从现实情况来看,也许这么下贱的称呼是最贴切不过了。苦涩的情绪甚至爬上了喉咙口,但他忍着并继续问道:

"是个什么样的女人?"

高城抬头看了一眼宇治,欲言又止,露出白牙,腼腆地笑了起来。宇治依旧表情严肃，语气威严地问道：

"长这样吧？眼睛很大，眉毛淡淡的——"

"是的。右眼下方有一颗大黑痣。"

果然是那女人！宇治想起来，内心似乎被刺痛了。

——那是还在阿帕里的时候。当时阿帕里的防线已基本构筑完成，由主阵地、进攻阵地、海岸阵地三道防线组成，但从莱特岛发来的情报来看，为了顶住美军进攻，还须对阵地再进行一次全面改造。当时宇治在进攻阵地附近的某个村子里。虽说自己是个应征入伍的将校，对于战略和布阵只是略知皮毛，但也一眼就能看出，靠这些并不坚固的阵地想要抵抗敌军的飞机大炮那是痴人说梦。加固作业的命令下达以来，士兵们夜以继日地干活。说起来还真是难得，某日一架美军军机被友军的高射炮击落，飞行员当即跳伞逃生，夕阳映照的天空中开出一朵白色的花。那件事发生在进攻阵地附近的大山里。飞行员如同人间蒸发了一般，杳无音讯。由于必须抓获他获取情报，日军进行了地毯式搜索，最终无功而返。一定是被菲律宾人窝藏了起来。随着莱特岛的节节败退，菲律宾人也开始与日军离心离德。搜索美军飞行员下落的任务，落到了宇治头上。

某夜，宇治潜入飞行员跳伞后落入的大山附近的村落里。过了半夜，昏沉沉的月亮悬在空中，四周景色黯然无光，只有横贯湿地的道路上泛着白光。村落里大概有七八十户人家，都已关灯入眠，仅一户人家的窗户还有灯光。这种时候还亮着灯,从这一带农村人的习惯来看倒也有几分可疑。他握紧手枪,蹑手蹑脚地靠近那户人家。隔着东南亚式样的小木屋的窗户,他悄悄窥探屋内。当然,他没想过那个美军士兵会在里面。这么做,只是出于一时的好奇心。透过窗帘的缝隙,他扫视屋内。

他发现了花田中尉。

铺着蓝色地毯的屋子里架着一张桌子,花田中尉全身瘫坐在椅子上喝酒。女人隔着桌子坐在他对面,左手正举着酒瓶。她穿着类似当地土著常穿的裙装,面朝花田。她似乎察觉到了窗外宇治的动静,视线迅速转向窗户,站了起来。这张脸上长着一双大眼睛,面颊上的黑痣十分显眼。宇治惊觉,这女人像极了某个人。他轻手轻脚地离开窗户,他觉得自己看到了不该看的画面。他蹲在隐蔽处,等着那女人从窗户里面探出头来,但似乎并没有那样的苗头。夜风吹到身上,十分黏糊。花田身上干净的白衬衣映入他眼底。宇治觉得眼前的一切十分怪异。他一直蹲着,一种无法言说的复杂情绪涌上心来。

军纪自那时起已开始涣散。将校中也不乏夜不归宿,在外找女人之人。宇治就认识那么几个将校。甚至发生了旅团副官大尉在老百姓家中喝得烂醉,和一个女人欢歌起舞,被士兵撞见受到指责的事件。宇治每每看见或听到这种事情总是想,同僚们的这般失态与我又有什么关系,但似乎又总是无法完全释怀。找女人已然是公开的秘密。宇治并不是对女人不感兴趣,也不是出于道德方面的理由,只是没有找女人的心情。也许是因为自己的年龄。但在当时,他最害怕的是自己的内心变得堕落。

那房子是不是花田的宿舍,宇治最终也无从知晓。他既不打听,也没对任何人提起。但透过窗帘缝隙瞥见的那一瞬间的光景,无比鲜明地烙在了他的大脑里。当他听说花田从南口战场临阵脱逃时,立刻想起了那个大眼睛女人。若是那个女人的话,她是如何紧跟着队伍沿着卡加延河谷一路爬上来的呢? 那是一段无法用语言来形容的艰难旅程。由于过度劳累,士兵们瘫倒在地,马匹坠落深崖。倒下的士兵或是自尽或是被击毙。宇治也口吐鲜血,拄杖艰难前行。即便进了圣何塞,一支军队的命脉还能维系多久? 早已是一群乌合之众。之所以勉强止住了分崩离析的态势,宇治觉得那是由于"同一条船上的蚂蚱"这一共通的意识。我要为自己活着。拖着疲惫躯体行路的宇治,脑子里第一次出现了这个念头。如此艰难的行军,凭一个弱女子的双脚是如何跟上的呢? 在南口炮火连天的战场上,那个女人又是如何把自己的肩膀借给花田的呢? 这一切他都想不明白。尽管想不明白,却又带着奇妙的真实感,缠绕着宇治的思绪。

走在小道上,湿气逐渐重了起来。两人已经埋头赶路两个多小时了。昏暗的小道分成了两股岔道。高城说走哪条差别不大,宇治思考了一会儿,选择了上山的那条道。密林渐深,参天大树多了起来。树干上,槲寄生青黑色的树叶郁郁葱葱,爬山虎爬满枝头。地上蕨类植物长势繁茂,树干后的阴暗处,似是萤火虫的发光体在轻盈飞舞。道路变得干燥起来,时而能听到山间溪流淙淙的水声。路有四五尺宽,宇治走在前头,高城紧随其后。

"没走错路吧?"

"没问题。再有两三小时就到旅团司令部了。"

旅团司令部地处预设的后方阵地的中央位置。花田中尉就在往北三公里处。太阳下山之前应该能赶到那里。不知为何,宇治时不时回头看一眼身后的高城。疲惫已让宇治的双肩感到犹如灌铅般沉重,高城毕竟年轻,看上去毫无疲态。他每次回头,高城总是笑眯眯地看着他。

"你以前在卫生科吧。是花田军医的直属部下?"

"是。"

"在帕拉维岛的时候,花田的勤务兵应该就是你!"

"是。"

"这么说来——"宇治顿了顿,"你现在是要去杀你的上司。"

高城跟在他身后,呼吸似乎有些急促起来。没过多久,高城便大口喘息着说道:

"因为这是命令——"他又飞快地说:"不是我的错。"

"没人说是你的错。"

宇治这么说着,脸上现出一丝冷笑。

"反正无所谓。"

片刻，宇治仿佛自言自语般地嘟囔："就算不被杀死，谁都难逃一劫。"

道路逐渐变窄，密林忽然中断了。前面是悬崖。黑色的岩石峭壁高达十米，小道顺陡崖的上沿蜿蜒。他们走上石崖。明亮而视野开阔的盆地，在阳光的反射下，似乎在他们的眼底染上了色彩。崖下出现了密林，但顺着斜坡而下，密林变得稀疏起来，走到尽头，出现了一望无际的田野。稻谷堆成的小山犹如一件件摆设，远远地在视野中连成一片。宇治一只手抓着树枝和树叶勉强支撑身体，边走边苦苦思索着，他开始觉得刚才无意间喃喃自语的几句话在脑子里翻腾，挥之不去。驻扎在阿帕里时的那些战友，大多已经阵亡。为了在土格加劳南面的奥利安山口阻击美军，旅团选派了两个大队先行出发，但已错失良机。奥利安岭已被美军占领，两个大队遭到猛烈攻击，大队长手下的人员几乎全部阵亡，仅有二十几个士兵活着回到了圣何塞。奥利安岭一战落选，也不能否认自己没有暗自庆幸过。因为早一天进入圣何塞，躲过了枪林弹雨。凭着自己本部将校的身份，一直都不用参加敢死队，每每念及这些，虽然也为死去的战友们命运不济深深哀叹，但内心深处难免生出些许残忍的喜悦。人或死或生，往往就是由极其偶然的因素所决定的。他一开始就深谙这一战场原理，但一旦真的直面现实，又觉得不堪忍受。庆幸活下来这份喜悦，究竟是纯粹的还是不纯粹的，他不得而知。他甚至觉得，没有比想这些事情更无意义的了。北口的官兵全军覆没只是时间问题，而南口大队的命运也无异于风中残烛。这是谁都能预感得到的。但是，为什么大家还要留在部队里呢？是来自生而为人的自尊吗？自尊、自律这些东西早已荡然无存。这里只有活下去还是被杀死的冷冰冰的现实。不存在善与恶。所谓真相只有一个。那是从灵魂深处发出的声音。是对生的渴求。为自己而活，这才是唯一的真相。除此之外的行为，充其量不过是悲天悯人。

他面朝直射的太阳，身体倚着岩角，听着走在身后的高城伍长的军靴根部的金属铁片碰在岩角上发出咔嗒咔嗒的响声。走了片刻，他停下脚步。脚步声逐渐靠近。他回过头。高城脸色煞白。

"您累了吗？中尉大人。"

宇治凝视着高城，脑子里继续思考今天早上的事。他低头看到队长半头白发的脑袋时，凄凉的感觉瞬间溢满胸腔。那是一种怎样的心情呢？自己并没有觉得队长可怜。他对着高城，语气缓慢地开口道：

"今天早上，队长让我去把花田杀了。还说找个下士官一块儿去，所以把你也带来了。"

今早宇治在医务室等高城的时候，高城正在屋外教训士兵。昨晚他向队长报告时的模样，让人感到异常冷淡而又疏远，那时他心里在想些什么？如果有那么一些幼稚的正义感的话——他上下打量着高城充满朝气的面庞，还有色泽红润的手腕。高城双眼清澈,目不转睛地等着他继续说下去。随即,一如一口气揭开伤疤一般惨烈的快感袭上心头,他一字一字铿锵有力地说道:

"我决定,不归队了。——我也不知道会不会去见花田。我要去东海岸。"

"中尉大人!"高城似要阻止宇治般高喊起来。他的脸一下子涨得通红。"中尉,您不能这样!"

宇治好像没听到一样一脸冷漠,将身子更往岩角上靠了靠:

"你也想跑的话就跟我一起来。不愿做逃兵的话,就回去。"

高城转瞬脸色苍白,踉跄着往后倒退了几步,军靴碰撞岩角发出咔嚓的响声。他对宇治怒目而视。宇治表情丝毫不为所动,静静凝视着高城的一举一动。两人陷入了短暂的沉默。阳光炙烤着后背。忽然,高城喊道,声音带着几分喘息:

"我要归队!"

"行,回去!"

宇治声嘶力竭地喊道。高城脚后跟并拢,举手向宇治行礼。他高举的手在不停颤抖。宇治也稍稍抬起了一只手回礼,视线始终没有从高城身上移开。高城朝反向的崖边小道迈开步子。此刻,宇治脸上的笑容僵住了。他右手摸向腰间,慢慢拔出手枪。崖上只有一条小道。高城轻轻晃动着肩膀,头也不回地朝前走。也许是由于烟霭,高城远去的背影扭曲着。宇治把枪管搭在岩角上，弓着身子紧贴岩石。他闭上一只眼，脸颊贴紧岩石，手指扣在扳机上。准星的那一头，高城晃动的身影逐渐变小。再有三十秒他就转弯了，现在扣动扳机一定能射中。宇治对自己的枪法很有把握。我要开枪了，他想。忽然，挂在脸上的笑容消失了，宇治费力地抬起头，表情沉重得犹如头上顶着重物一般。举枪的手无力地垂了下来。就在这一刹那，高城大概拐过了转角，不见了踪影。他拐弯时似乎回头朝自己看了一眼，宇治并不确定。他一脸不可思议的表情，直愣愣地站着。

过了片刻。宇治用力晃了晃脑袋，缓慢地迈开步子。尽管脸色仍不大好，但他紧闭双唇凶神恶煞的样子，看上去反而有了活力。逃跑的念头最终还是没能一个人烂在肚子里，即便吐露的对象是高城，宇治的心情似乎还是轻松了不少。今早，队长说找个枪法好的下士官一起去，他当即想到了高城。他并不清楚高城的枪法如何，为何高城这个名字立刻浮现出来了呢？当时，宇治便已经打定主意逃跑，因此他必须选一个最有可能和自己一块儿逃跑的士兵。但他选择了高城。昨晚，高城在向队长报告时的神情久久萦绕在他脑海里。那是一张冰冷的面孔，不露声色。宇治清楚，高城憎恨自己的上司花田。这个跟着女人逃跑不再归队的花田，着实勾起了他作为一个有正常道义感的人的怒火。宇治之所以选择高城，也是想与来自正常道义感的非难进行一次对决。

宇治郁郁寡欢地低着头，漫无目的地走着。道路再一次

　　进入密林。挑明了逃跑之意之后，摆在高城面前的道路不外乎三条：跟着宇治一起逃跑；违背宇治的意愿自行归队；杀死宇治。宇治想过最后一种可能性。（是我杀死高城，还是我被他杀死，会是哪一种呢？）想着这件事时，不知为何，扎心的快感和痛苦一起袭上心头。而事实是，高城与自己背道而驰，独自一人踏上了归途。再过三个小时高城就能归队了吧。随即就会向队长报告。如此一来，那个大好人队长便会勃然大怒，一定会派兵前来追杀。宇治立刻想到了这一点。所以当时他想着要杀死高城。最终他没开枪。为什么没开枪？高城头也不回地离开，对宇治没起丝毫的疑心，但并不是这点打动了宇治。宇治想要赌一把。追兵很快便会赶来。对于自己的出逃，来自外界的压力越大，宇治越想抵抗，如此才能确认自己行为的正当性。宇治想要确认这件事。他不愿像一只老鼠那样，预感船舱即将进水而在暗中仓皇逃窜。无论是好是坏，他都想用力推开阻挠后逃之夭夭。他想通过感受阻力来确认自己的行为，正如用手指弄开伤口，来确认伤口究竟有多深。

　　宇治闷头走了三十分钟，脑子里苦苦思索。终于，他发现道旁好像有个小村落。刚发觉聂帕棕榈叶做成的屋顶在树与树之间若隐若现，道路拐角上四五间肮脏的小屋便映入了宇治的眼帘。小屋杂乱无章地挤在一块儿。它们看上去破败不堪，一眼便知早已空无一人。宇治耷拉着双肩，朝小屋走去。两三根舂米用的杵子散落在地上，柱子也已开始腐烂，类似于酸醋的淡淡气味飘浮在空气中。踏过潮湿地面拐到侧面，有一间小屋斜立在茂密的蕨类植物丛中。透过从屋顶上垂下来的干裂的聂帕棕榈枯叶的缝隙，似乎有一团黑色的物体躺在地板上。他右手不由自主地用力按了一下手枪，凝神向前靠近。那个物体看上去像是一个日军士兵。

那人身上缠着破烂不堪的衬衣，两腿伸直仰面朝天躺在地板上。他似乎察觉到了宇治在靠近自己，有气无力晃动了一下脖子，脸上没有任何表情，既没有吃惊，也没有喜悦。这个士兵颧骨高耸，肤色黝黑。稍加留意，便能发现他交叉于胸前的双手皮包骨头，青筋犹如铜丝般突起。水壶和一只尚未吃完已经干瘪的仙都果滚落在枕边。他浑浊的视线落在宇治身上，神情恍惚，甚至眼珠上也蒙上了一层阴影。宇治一只脚踏在屋子里面的地板上，目光冰冷地注视了这个男人片刻。随后，他单腿用力，踏进了屋子。柱子和地板摩擦，发出了讨厌的吱嘎声。

"你是谁！"

男人恍惚的神情没有丝毫变化。宇治提高嗓门又问了一遍。低沉空洞的声音缓缓地从男人口中吐露出来。

"我生病了。"

宇治问他所属的部队。他似乎回答了什么，但未等宇治听清，男人又合上了疲惫的眼睛。闭眼的同时，交叉在胸口的双手微微动了几下，这次，他以较为清晰的声音说道：

"还有一个人。在里头。"

　　宇治随着他的话音移动视线,隔着聂帕棕榈叶做成的半墙,似乎还有一个里屋,大概由于成群的树梢低垂之故,望过去那里一片青黑色。地板上也躺着一团黑色的东西。宇治走过去。凑近一看,果然也是个士兵。宇治怔住了。这个男人从脸上到头部,爬满了不计其数的苍蝇。

　　(他死了?)

　　宇治一动不动地注视着他。垂在地板上的手极其缓慢动了起来,靠近脸,轻轻一挥,想要赶走苍蝇。苍蝇嗡地四散开来,在空中打转转,有的停在柱子上。他没死。他颧骨凸起,轮廓分明,一脸土色。伸直的双腿,绑带已经松开了,各处的皮肉都凹陷了下去,让人不忍直视。人还没死,身上竟已爬满了苍蝇。宇治意识到自己的口中泛着苦涩的唾液,他移开视线。苍蝇好像又飞回到了男人的脸上。就像这个男人一样,离开所属部队,尤其是走失的士兵们,往往会迷失在密林中,很快就会因为过度饥饿而倒下,这种情形四处可见。勉强维持着纪律的,仅剩下靠近总队的部队了,稍一走远,便陷入茫茫林海,群龙无首的士兵们如青面的阿修罗在密林深处游荡。虽说宇治从下属那里也听说过这些事情,一旦亲眼看见这一光景,伴随着某种预感,宇治的心口就像压上了重石,透不过气来。宇治回到外屋,倚靠在柱子上,长舒了一口气。直到此刻他才注意到,从里屋飘来的类似于尸臭的气味已开始在空气中弥漫开来。疲惫感重重地压在宇治的肩上,脊椎骨隐隐作痛,浑身的关节如同麻痹了一般,而体内燥热不堪。宇治贴着柱子轻轻合上了眼睛。

宇治感到,今早出发时打算逃跑的新鲜念头正在变成沉重而令人不快的情绪。今早的那忧伤的喜悦,仿佛铆足了劲,意欲踏破一层冰面。这种心情,犹如长久的积郁终于找到了出口喷涌而出。原以为今早终于牢牢抓住的进入圣何塞后的一个月里苦苦寻求的逃跑机会,难道不是错觉吗?昨晚在听取高城汇报时,花田当下的状况忽然清晰地浮现在他的眼前。那一刻,他感到巨大而无言的亢奋涌上心头。那种亢奋在心底与"逃跑"一词合为一体是在什么时候?昨晚他前前后后思考了很多,久久难以入眠。今早,勤务兵佐伯来叫他时,直觉告诉他,一定是要派他去追捕花田。

高城走后,绷紧的心弦,开始崩溃。

首先,宇治不清楚道路。顺着这条道路,究竟能否抵达因塔阿尔他一无所知,但沿着这条随时可能让人走投无路的道路,他跌跌撞撞来到了这里。现在身处这间小屋。如果就这样迷了路,或许会面临和这间屋子里的士兵一样的下场。粮食也仅够维持一天。他走着,不知不觉中便有了饥饿感,如果无法弄到食物,最终只能是精疲力竭,倒在路旁等死。但是,如果这条道路正是通往因塔阿尔之路的话,不用很长时间,追兵大概也就追上了宇治。

(当时杀了高城该多好。我究竟犹豫些什么?)

宇治狠狠咂了咂嘴,睁开了双眼。追兵一定会赶来的不安情绪,逐渐清晰地在胸口弥漫开来。事到如今,无论多么懊丧也于事无补。必须马上离开这间小屋。危险在迫近。宇治仿佛受到了一股力量的驱使，与此同时，他又感到有什么东西正死乞白赖地缠住自己的身体。

他一动不动地站着，脑子有些恍惚地思考着，无论是好是坏，一定要像陀螺那样，拼尽全力转动，直到用尽最后一点力气倒地！

忽然，他听到了脚步声。宇治吃了一惊，摆好架势。

外面的脚步声好像穿过小屋之间的夹缝，绕过小胡同潮湿的地面向这里靠近。宇治警惕地竖起耳朵，右手握住枪把，打开保险栓。这一片树林尤为密集，就连透过树梢射进来的光线也如同海底一般深蓝。一个昏暗的人影犹如拨开空气似的出现在了眼前。宇治吃惊地高声喊道：

"高城，是你吗！"

宇治依旧握紧手枪，戒备的姿态丝毫没有懈怠。人影逐渐靠近。是高城伍长。他径直走到宇治站在那里的高起的地板檐下，停下脚步，抬起头望着宇治。宇治静静地低头俯视高城。高城原本就很白皙的脸色，在光线的作用下透着青光。宇治清楚地看到，高城抬头注视着自己的细长的眼眶里噙满了泪水。宇治发现，高城刚才靠近自己时，几乎是步态踉跄。疲惫至极时人才有的衰弱的表情此刻在高城脸上清晰可辨。他似乎想说什么，可话不成声。泪珠从不停抽搐的双颊上滚落，流成了一条直线。宇治也放下了戒备的姿态，他忽然感到鼻酸。但也只是那么一瞬间，转眼宇治又做出不痛快的表情，回头注视躺在地板上的男人。那男人说了句什么。

男人睁眼看着两人站的方向，眼神空洞。他嘴唇微微抖动，用沙哑的声音说着什么。但听不清他说的话。比起说话声，更像是从喉咙里吹出来的风。

"快听他说什么。"

宇治朝着高城喊道，纵身一跃跳到了地面上。听到宇治脱口而出的喊话，高城不禁犹豫了一下，不过，他立刻跳上地板，在男人枕边蹲下，低下头，耳朵贴近男人的脸。宇治径直走到了屋外小道上。

他一屁股坐在倒在路旁的树上，用刀支撑着上半身，闭上眼睛。他思考着为什么高城走到半路又追了回来。当他清楚看到高城眼中噙着的泪水时，首先涌上心头的是几分酸楚。（这小子接下来一段时间里，要变成我的负担了吧。）当他意识到不会再有队里的追兵前来追赶时，与其说内心的不安烟消云散，不如说令他扫兴的情绪油然而生。直到刚才他都在想，队里会派谁来追赶自己，战友们的面庞，在脑海里一一浮现出来。自己被逼入走投无路窘境的预感就此消失。他睁开眼睛，面无表情地不停四下张望。小道时隐时现，最终消失在密林深处。

高城从小屋里走了出来。宇治也无精打采地站起来。他边起身边问道：

"那士兵说了什么？"

高城走近宇治，宇治敏锐地察觉到他的步态和动作僵硬得有些古怪，暗中做好戒备。高城的声音阴郁而低沉。

"他说，如果我们去东海岸的话，把他也带上。"

如同想去圣地巡礼一般，所有人都不可思议地想去东海岸。去了东海岸，要米有米，要盐有盐，鱼类也很丰富。在队里这件事犹如传说，士兵们深信不疑，尽管这里头多少有些夸大的成分，但应该是真的。不从属于军队的普通日本侨民早已成群结队地向东海岸进发了。现在又听到这一番话，宇治也隐约地感到自己正被某种力量带向那儿。

"那人还说，如果不愿意的话，"高城吸了一口冷气，"就用手枪击毙他。"

宇治沉默着回头，望了望高城，一言不发地迈开步子。随即，他自言自语似的低声嘟囔：

"就这条道，没问题吧。"

跟在身后的高城小跑着紧追上来。

"我去杀了他吧，宇治中尉大人。"

忧虑重重的语气。宇治感到一股杀气，转过脸去。高城抓住宇治的视线，眼中放光。

"为什么要杀他？"

"因为他说杀了我吧。"

此刻的高城仿佛被莫名的固执欲望吞噬了。他脸上肌肉僵硬。从高城瞳孔的颜色中，宇治觉得有一种难以名状的压迫感正向自己逼近。宇治忍着，回看高城。此刻，在高城眼底燃烧的是内心对宇治的行为充满反感却要继续跟随宇治的懦弱,以及面对眼前这一切的自暴自弃的抵抗。宇治沉默着回过身,又自顾自走了起来。

忽然,宇治背后传来笑声。他不禁打了个寒战,停下脚步。那不是笑。是极力克制着的呜咽。那声音逐渐急促起来,很快变成了号啕大哭。宇治加快脚步,如同后面有人追赶一般。

晌午过了很久。密林越走越深,没有尽头。或许是因疲惫产生的幻觉。宇治毫无食欲,只是埋头走着。高城也低着头,哭肿的双眼望着地面,默默跟在宇治身后。

宇治妥协后带着高城再次上路,不知为何这却逐渐变成了一块令人不快的石头,堵在宇治的胸口。为什么当时我没破口大骂把他赶回去呢。听着紧随其后的高城同样沉重的脚步声,宇治内心愈发阴郁起来。

(为什么现在像囚犯一样心情郁闷?)

关于逃跑一事的是与非,今早早已想明白了。在这件事情上,无须责备自己。正因为坚信活下去才是正确的选择,自己才毅然决然踏上了这条逃跑之路。可究竟是什么在阻止自己奔向东海岸的脚步?

忽然,之前竭力想将之禁锢在意识深处的画面清晰浮上了脑海。那是宇治今早在钟乳洞里看到的下属士兵们扎心的眼神。那些士兵,自阿帕里以来一直是宇治的部下。而眼下宇治却抛弃了他们,来到了这里。当然,今早他们一定谁也没有看穿宇治的心思，不过是一如既往地在倾听上司训话时才凝神注视他。可如若坚信自己的行动是正确的，那么为什么当时又是那么畏缩呢。从发着白光的钟乳石之间向宇治射出的苍白视线，现在又让他的胸口感到难以承受的疼痛。

"——好吧，好吧。"

宇治口中嘀咕着不明所以的话，他想把这些杂念从脑子里赶出去。可他越想赶走杂念，杂念越在脑子里纠缠不放。为何它们要挥舞锋利的刺刀，瞄准理应早已披上坚固铠甲的内心深处不堪一击的软肋不偏不倚地刺下来。

挎在肩上的水壶渐渐变成了沉重的负担。他感到水壶里那相当醇厚的液体也随着自己的步调在哗啦哗啦地晃荡。宇治伸直脖子，目光停在前方，拖着双腿前行。汗水不停地从额头上滴落，怎么也擦拭不净。

——应征入伍以来的三年时间，他转战各地。在战场上，他看到的是人这种动物最露骨的模样。拄着拐杖艰难行走在通往圣何塞盆地的路上并为之万般苦恼的宇治，最终痛下决心只为自己而活过，也是他所经历的现实活生生教会了他。人只须为自己的利益和快乐而奉献，所谓牺牲和献身，只有当痛苦得到充分补偿、自我满足得以实现时才得以成立。在这三年里，他逐渐将这种思虑刻入自己的内心。他的战友，活着的和死了的，各色人等，千姿百态。他们中既有在阿帕里沉湎酒色的副官，也有像花田那样带着女人逃之夭夭之徒。而与之相反的，有主动投身敢死队一去不归的年轻少尉，也有为救部下而牺牲自己的年迈大尉。但是，他实在无法以一种纯粹的心情去接纳这些战场上的美谈。内心总觉得无法释然。既然无法坦率接受这些人间的美丽故事，那么他也理应不会憎恶战场上那些违背人伦道德之事。其实，在宇治眼里，在如此危急的状况下，那两种行为看起来都如此毫无意义。他看人的眼睛已经失去了远近感。对他而言，失去了精神支柱的人不过是失去了影子的鬼魂。所有人不都已失去了支柱吗？鬼魂的行为无所谓美丑。

当他们经过持续的艰苦行军进入圣何塞时，从马尼拉逃来的海军部队正驻扎在南口附近。宇治由于发高烧，在勤务兵的安排下睡在了一户民宅里。当时那里也被海军占据着，有个穿着宽松夹克衫貌似海军家属的男人，和一个当地女人住在里面。得知宇治的病情后那人心生同情，不知从哪儿弄来了椰子和芒果。看上去像军属的这个男人自称是报道班的队员。他长着一双小熊般的眼睛，体格健壮。据说现在主管海军粮草。宇治对这男人的名字有印象。他在很早以前得过什么文学奖。宇治记得还在乡下那会儿读过他写的小说，那篇小说大概写的是某人穿越冰山去射杀熊的故事。第二天早上告别时，男人突然严肃起来，贴近宇治耳朵轻声说道，无论这场战争是赢还是输，自己打算永远待在这片土地上，一辈子和这个女人（他指着身旁的女人）生活在一起。宇治当时惊讶得目瞪口呆，寻思这人想得多乐观啊。之后发生了一件事，宇治的队里派了四五个士兵去盆地寻找粮草，遭到游击队的袭击,全部遇难。宇治后来听说,当时为游击队带路的,正是那个报道班的队员。再往后的事情就不知道了。因为这世上没有比战场上的流言更不真切的事了,宇治也就没再详细打听这件事。既然有这么一个传言,那人很可能之后就被杀了。战场上,个人的生命微不足道,随随便便就能要了人的性命。只是,一个堂堂写小说的男人,为什么会做那么危险的事,不过,也并没有什么不可思议的。毕竟此时此刻无论是谁,都已经失去了赖以判断的依据。只有凭着感觉走,并且每个人都深信,感觉便是自己的理性。

(为了求生而逃跑的自己,说不定也是他们的同类。)

宇治没有鄙视那位小说家的权利。他开始怀疑自己的想法。自己所坚信的凡事凭自己的判断果敢行动的信念,也开始动摇。他唯一清楚的是,当下自己脱离了部队,正在逃走这一事实。不过,这件事也尚未成功。甚至现在下定决心去杀了花田,随后做出若无其事的样子归队的话,没人会知道发生了什么。即便高城知道,但他又追了回来,在想要逃跑这一点上,两人可谓同罪。所以不用担心他会把这件事泄露给别人。可高城究竟是不是打算一起逃跑才来追赶自己的?为什么当时他的眼里噙满泪水?为什么他想杀了那个伤兵?宇治看似早已洞察一切,仔细想来,却是疑团重重。

(我究竟为什么要步履艰难地行走在这片密林深处呢?)

难解的思绪彼此毫无关联地直冲脑海——

"我听到了歌声。"

高城在身后说道。宇治驻足细听。尽管微弱，那声音还是传入了耳朵。他回头看着高城，自言自语道：

"听到了。那是伊洛卡诺人唱的歌曲。"

"是旅团司令部。"

高城的声音很低沉。由于双唇紧闭，高城脸上的表情看上去十分警觉。疑虑如黑影从宇治脑际一闪而过。宇治布满血丝的浑浊双眼一动不动地注视着高城。高城表情没有任何变化，自然地望着宇治。

"——走！"

话并未说出口，宇治只是挺了挺胸迈开步子。走了大约两分钟，路突然断了。阳光梦幻般地从天上倾泻而下。密林似乎只是在这儿开了个巨大的口子。

过去，宇治见过耶马溪①。这里的岩石群和耶马溪岩石群的造型十分相似。从宇治的站立处望去，四周的斜坡好似擂钵一样深陷下去，颇像一座圆形剧场。崖石层层叠起，聂帕棕榈树搭建的小屋散见于其间。崖底下一大群身着简便衣裙的女人在走动。歌声是从那儿传来的。还能看到士兵们小心翼翼顺着陡峭的崖壁往上爬。

"那儿，是司令部。"

高城手指着悬崖中比其他屋子稍大的小屋。一根木条伸向半空，上面晾着白衬衫。斜面产生的错觉令人难以判定距

---

① 位于大分县西北部山国川中上游的溪谷。——译注

101

离,但可以确定离得不远,足以听到来自对方的喊声。道路沿着擂钵的上缘延伸。

宇治语调中夹杂着怒气,问道:

"去因塔阿尔——要经过这条路吗?"

"对。看那棵大树,"高城用食指指了一下,"走到那棵树往右拐。"

"——能不能不走悬崖边,就没有穿越密林的道路吗?"

"没有。我不知道。"

宇治对高城怒目而视。他低声道:

"你带路。"

高城怔了一下,身体僵硬起来。宇治清楚地看到高城的神态变化。两人如密林中偶遇的两头猛兽,怒目相视了片刻。突然,高城的脸部转而流露出哭丧的表情,扭动着身体说道:

"我跟着您!"

又陷入了沉默。

宇治移开视线,眺望前方的大树,脸上露出了困惑。他恍惚地望着洒满阳光的树顶。树的躯干巨大,上面的树皮已经脱落,仅在树顶附近还有几片叶子,姿态看上去耐人寻味。

(要不了多久它就会自然倒塌吧。从它底下绕过去就安心了。)

宇治不打算迈步,他又回头望着高城,语气阴郁地说:

"我——不相信你。你小子,说不定掉头就跑去司令部,把我的事情和盘托出,不是吗?"

高城霎时双颊通红，伤感的神情在他眼底弥漫开来。他扭动着身体，拼命想掩饰情绪。

"中尉大人，我不会做那种事。"

他声音低沉。

"我跟在您后头。"

宇治沉默着从腰间拔出手枪，解除保险。他将笨重的勃朗宁手枪紧握在手里。

"出发，"他先迈开步子，"我走前头。你跟着。"

宇治听着身后高城剧烈的喘息，踏上了黑色的岩石路。遥远山脚下传来的歌声犹如浪涛般高涨起来，密密麻麻的人影一齐律动着。崖底下人们蠕动的身姿看上去竟显得有几分快乐。每一步都刻骨铭心。宇治将全身的神经都集中到了身后。不知高城此刻是怎样的表情。高城胆敢叫出声或滑下悬崖的话，宇治打算迅速击毙他。杀了高城，总有办法为自己开脱。宇治留意着背后的脚步声，握紧手枪的掌心开始冒冷汗。

两人走到了目标的巨树旁。一路上相安无事。道路在这里又分成两股岔道，一条沿着悬崖通往司令部，另一条右转则再次进入昏暗的密林。大树上树皮脱落，树干发红。宇治揣摩大树的高度有七八十米，树枝犹如被刀削过散落一地，树顶附近仅剩不多的几片叶子也色彩苍白。宇治有气无力地回过头去。疲惫感一下子全都涌上了后背。

"是这条路吗？"

宇治把手枪收回腰间，低声问道。高城脸色煞白，默默点了点头。

"什么奇怪的表情。"

宇治想笑，但没有笑出来。只是脸部肌肉稍微抽动了一下。高城也将发僵的脸背了过去。两人又迈开步子。

花田所在的村落距此地大概有三公里路程。道路逐渐转为下坡，不知从何处传来了山间溪流的水声。两人正步步接近花田中尉。尽管脑子里这么想，现实感却并不强烈。宇治内心被别的感觉所缠绕。他边思索着这种感觉，鞋尖边一步一步地踏入草丛中。蔓草缠在脚上，走路相当困难。

仅从高城愤怒的表情上便能看出，之前发生的事情令他的心情十分不快，这会儿他的脚步也变得跌跌撞撞起来。宇治并非不信任高城。凡事就怕万一。对高城说了那些话，多半不是出自本意，而是恶作剧的心理占了上风。高城因两人共同的罪恶感而试图接近宇治，但对宇治而言，那不过是沉重的枷锁，让他难以喘息。（小闹剧正在升级为一出出正剧。）宇治用眼角瞥了一下并排走着的高城，强烈的憎恶感霎时油然而生。很快，这种情绪又如仰面唾天一般，令人厌恶地返回了他的内心……

之后，两人感觉走了很久。透过树梢洒落下来的阳光逐渐黯淡，蝉鸣般的虫鸣声从树林深处传来。宇治恍惚地想着花田的事。倘若遇到花田的话，花田会怎么想？他能想象花田一脸惊愕的模样，但后面会发生什么事则难以预测。因为想和女人在一起而不归队,恐怕不会是痴情这一单纯的理由吧。如果只是因为痴情,就算没有落到那般田地,起码像他这种男人,也应该能把事情处理得更加巧妙。他一定有某种更深的考虑,把自己的性命都赌上了。事情的原委,宇治无从知晓。他只知花田和女人跑了,背叛了部队。这一事件,表面上看来惊人地简单,但它的背后留着灰暗的阴影,花田究竟在想些什么,他对自己的想法深信不疑?对此一切,宇治一无所知。宇治所知晓的,只有在阿帕里透过窗户目睹的那一瞬间的光景。

——我是怎么想花田的呢?

那晚,屏住呼吸蹲在暗处时,宇治内心着实百感交集。趁着漆黑一团的夜色独自一人打探美军飞行员下落,途中目睹了那一幕场景。那绝非看到怪物时的单纯的惊讶,而是更深层的,亦可称之为无言的愤怒那样的情绪。当时花田看上去一脸幸福,或许这才是引起宇治反感的原因。不过,宇治自己也很难确定当时的心情。自从花田去了因塔阿尔后,每晚宇治都在迷迷糊糊地想着花田的事情,这总让他产生一种非同寻常的紧迫感。

——我恨花田吗?

无法回答"是"与"不是"。往下深究的话,仿佛有一层薄纱横亘于前,扰乱他的判断。也许过不多久,自己也会和花田一样,落个逃跑的下场。正是这种预感,让他迄今都不能坦率地去憎恶花田的恣意妄为。

　　树林逐渐稀疏，杂草丛生的小山丘进入视野。宇治继续往前走，他没有任何把握。

　　"就在那里。"

　　高城突然开口说道，语气十分紧张。宇治停下脚步，抬起低垂着的头。前方是一片长满灌木和草丛的平缓丘陵。道路沿丘陵绕了个弯。

　　"转过去就有一个村落。花田军医大人昨天就在那里。"

　　宇治口中不停分泌着苦涩的唾液，似乎变得口干舌燥起来。他告诉自己不必惊慌，可身体出卖了自己。真的要见到花田了，这仿佛梦境一般，模糊而不真实。即便如此，宇治还是心跳加快，内心十分忐忑。

　　——离开司令部，已经走了三公里了？

　　宇治觉得这条路无比漫长，但又好像近在咫尺。虽说是下坡路，走起来轻松了一些，但宇治不得不将他单薄的肩膀往前倾斜才能行走。就像沿着卡加延河谷往上爬时的行军那样，超出肉体所能承受的极度疲惫感，沉重而散漫地压在宇治的后背，他的额头上不停渗出冷汗。究竟为了什么而行走？宇治听着高城的靴子踩断蔓草的声音，咬紧双唇往前走着。肋骨间一跳一跳地作痛。

　　绕过小山丘的山脚，四五间破烂不堪的聂帕棕榈小屋的屋顶映入宇治眼帘。他寻思花田就住在其中的一间屋子里。宇治向上提了提武装带，对高城道：

　　"你只要跟着我就行。"

他看到高城右手握住了腰间的手枪。高城并没有看宇治，只是专注地望着村子那头。此时，高城好似戴着能乐剧中人的面具，脸色煞白，在渗出的油脂上泛着令人反胃的光泽。

"最里头的那间屋子。"

宇治想抬手制止高城，又转念做了一下深呼吸，率先朝村子方向走去。靴子发出咯吱咯吱的声响。最先见到的小房子，屋门大敞，里面传出低微的说话声。宇治停下脚步，从门口向里面张望。

"花田中尉在吗？"

透过树枝射入的阳光将土屋染成了红色，屋子里有个女人。女人低声嘟囔着什么，她的屁股下铺着草席之类的东西。她身着简便的女式西服，但无论从发型还是从脸相来看，一眼便知这是一个日本女人。她披头散发，手指不停地拨弄着草席的边角，丝毫没有理会宇治的意思，依旧瞪着眼睛自言自语。忽然，她迎着亮光抬起头来，脸蛋看上去还很年轻，楚楚动人。

"没有别人吗？"

宇治忽然感到恐惧。他将身体从门口的柱子上移开，整个人进了土屋。从光线昏暗的里屋传来男人浑浊的声音。

"是哪位？她已经疯了。"

从里屋窸窸窣窣爬出来的人不像是军人。这个男人看上去四十岁上下，长着一张国字脸，目光敏锐。或许因为阳光太刺眼，他将一只手挡住额头，望着宇治。

宇治也警惕地注视着男人。

"花田中尉的房间在哪儿?"

男人似乎确认了宇治的将校身份,但并不以为意,慢吞吞地答道:

"花田中尉吗?中尉大人不在。"

"不在?"

"对,他不在。"

男人上身赤裸,肩膀宽厚壮实。裹在深灰色长裤里的双腿有气无力地踩到了土屋的地上。

宇治回头,高城正将脑袋探进门来。

"去一趟花田中尉的屋子。在的话,告诉他宇治中尉来了。"

说完,他又将脸转向男人。男人一脸冷漠地看着高城离开。

"应该就在这村子里。"

"刚才已经出发了。"

"出发?"

宇治感觉自己紧张的情绪一下子放松下来,他往土屋里又走了两三步。疯女人抬起脸,目光呆滞地望着宇治,忽然她一骨碌躺下,支起两腿。透过裙摆,女人的大腿根白皙得如雪色那么刺目。宇治的视线刚不由自主地移开,躺在地上的女人便扬起脖子高声唱起歌来。虽然她口齿含糊不清,但那是女人令人瞠目的鲜活声音。

十字架为旗号

先导我路程①

这不是赞美诗吗？宇治吃了一惊，睁大布满血丝的眼睛望着女人。她和着曲调抖动腿脚时，席子边上扬起的微尘在红色的光线中飘动。突然女人停止唱歌，大笑起来。她发出这么大的声音，难道是清醒了吗？宇治忽然思绪混乱起来，边思考着边又将不安的视线收回到男人身上。

"这么说来，花田归队了？"

如果真是那样的话，和他一起的女人怎么办？为什么半路上没遇到呢？宇治抬了抬帽子，手掌贴在额头上。女人止住了笑。

"不是归队。"

什么！宇治不禁抬起头来。男人双腿奄拉在土屋的泥地上，一只手撑着上半身，目光犀利地望着宇治。两人视线撞到一起时，男人好像笑着露出了一口白牙。怒气直冲宇治的脑门，他继续追问：

"他去哪儿了？"

男人唇边浮起猥琐的笑容，对宇治的问题有些支吾，欲言又止。转而露出老奸巨猾的神态。

---

① 基督教赞美诗中的词句。——译注

"花田中尉是优秀的军医大人啊!"

宇治情绪焦躁,军刀的尖头"嘭嘭嘭"地在土屋地上戳了几下。

"没问你这个。"

宇治忽然想起刚才那个伤兵的话。男人避开宇治的视线,像是在呆望着女人躺倒的身姿。他显然是在装蒜。女人独自不知所云地嘀咕着什么。宇治将脸凑近男人,含威的目光中闪着光亮,一字一句重重说道:

"花田中尉带着那个女的去了东海岸吧? 我,不是来抓他的。我有话跟他说。你是怎么被封口的。"

听罢此话,男人突然咻咻笑了起来,声音低沉而浑浊。他的视线缓缓地回到宇治身上。

"他们是晌午出发的。"

"你为什么没有一起去东海岸?"

男人又猥琐地歪了歪嘴,发出了急促的笑声。

"因为有这个女人啊。"

"你这东西是从哪儿来的? 看样子也不像军人——"

被称呼为"你这东西",男人似乎非常生气。他起身离开宇治身边,忽然不耐烦地说道:

"我从马尼拉来。和海军一起,好不容易死里逃生到了这儿。"

"在这儿待了有一阵子吧。"

"已经四五十天了。"

"粮食怎么办?"

"在下面村子里,拿花田中尉带来的药换了米。"

"应该还有吧?"

"怎么可能还有?"

男人眼中刹那间露出了凶光,看着宇治又重复了一遍。"米这种东西怎么可能还有剩的。"

宇治沉默地看了一眼男人厚实的肩膀,又用手指了一下女人。

"这人是你的吧。"

"嗯,"男人的语气很暧昧,"也不算是跟了我。"

"是熟人吗?"

"差不多吧。"

"为什么没一起去东海岸?"

宇治心情焦虑,又问了一遍同样的话。密林中好像起风了,屋外树叶沙沙作响的声音愈发大了起来。洒在土屋里的红色光斑也凌乱地晃动着。他们静听着大风呼啸而过。男人背倚着墙壁低声道。

"什么东海岸,逃到哪儿都一样。这种东逃西窜的日子,我早就受够了。不论跑到哪儿,该死的时候还是得死。我要和这个女人在这儿过一辈子。"

"粮食怎么办?"

"船到桥头自然直。花田他们逃到哪儿也都一样。若是为了男女情事,这儿也能干。"

这话说得宇治浑身起鸡皮疙瘩。宇治忍着油然而生的厌恶感往后退去，来到了门口。男人抬起垂在土屋泥地上的双腿，双眸发光，直直地望着宇治。他的四方的下巴里透着几分刻薄，冲着宇治。

"我不知道你找花田中尉有什么事，但不要再追下去了。就让他逃走不好吗？"

"——我真有事。"宇治沮丧地回答。

"说不定你真是有什么急事，"男人下巴轻轻扬起，一脸满不在乎的表情，"要不了多久，圣何塞的日军也会被打得丢盔弃甲，逃往东海岸。现在不就接二连三地有逃兵吗？现在逃以后逃都是一样的。不是说司令部的人也时刻准备着逃跑吗？"

宇治脸色苍白，一语不发。他不知这个男人的口气为什么突然变得如此不可一世，难道是在瞧不起自己吗？男人发出低沉浑浊的笑声。

"你不也是逃出来的吗？"

男人脸上皮笑肉不笑，目光犀利。宇治勃然大怒，面红耳赤，正欲再次冲进屋内，门口忽然人影晃动，是高城折了回来。高城手里紧攥着手枪。

"花田中尉大人不在。屋子里没人，也不见行李。"

手枪在阳光下闪着亮光。一直躺在地上的疯女人犹如回应似的倏地起身，紧皱着眉头开始破口大骂：

"助平！你这个畜生！我要杀了你！你等着，我要杀了你!"

她的眼睛并没有望着宇治等人。空洞的目光似乎追逐着更遥远的地方。宇治遏制住犹如波涛般汹涌而至的狂躁情绪,转身走向屋外。高城敏捷地扫视了一下屋里,什么也没说,追着宇治而去。

两人再次上路。稍微歇了一会儿,疲惫感反而来得更加猛烈。拖着双脚每迈一步,骨头都嘎嘎作响。风吹过树林。宇治实在不想再走下去了,只想随便找一处就地躺下。

"因塔阿尔是这个方向吧?"

到了因塔阿尔后,往东海岸就只剩一条道了。虽说不用着急,但宇治还是不由自主地加快脚步。队里现在当然不可能知道宇治正一路逃跑,然而宇治觉得追兵正步步紧逼,背后开始泛起阵阵寒意。

若是现在归队,向队长报告花田已经从原来的地方逃走了的话,那么,宇治还能像什么都没发生一样自然归队。之后,宇治算是完成了任务,剩下的事情移交给宪兵便万事大吉了。就算这事交到宪兵手里,当下形势混乱之际,宪兵们的行动也等同于无。而在这期间,战争必然会以某种形式告终。或许花田中尉能保住性命也未可知。

(真到了那时,我会怎么样呢?)

把勋章挂在屋子里的愚直的队长、钟乳洞里火药的臭味、肥皂水味道的本地酒,这些人和事突然鲜活地浮上了宇治的脑海。他似乎想要赶走这些记忆,用力摇了摇头。只要想象一下回到那里的情景,便能闻到太多的腥风血雨。

(那男的说我不也是逃出来的吗,那只是一句单纯的招人嫌的话,还是他从我的态度里嗅出了什么?)

宇治打了个趔趄,将身体支在树干上。他像累瘫了似的,蹲了下来。

"高城伍长,"他痛苦地招呼道,"休息一会儿再走。"

他取下挂在肩上的水壶,拔下塞子,浓烈的威士忌的香气飘散开来。宇治将水壶倾斜着对准嘴巴。令舌尖燃烧的液体流过咽喉,很快胃部开始发热,顷刻又消失了,不一会儿一股暖流从身体里扩展至皮肤。宇治闭着眼睛在树干上靠了很久。他迷迷糊糊地睁开双眼,用手臂擦了擦嘴角,又将水壶递给高城。

"你也喝一口。"

风景忽然变得生动起来。风从乔木的树梢上吹过。小道蜿蜒曲折,消失在密林深处。从这里开始,树林变得很稀疏,一棵棵大树在地上拖着长长的倒影。宇治清楚地感到,疲劳正在一点点转为令人惬意的倦怠感。

(那男人是什么来头?)

既然说了是从马尼拉逃来的,没准是个日本侨民。但从他的行为举止来看,实在不像是个善类。看上去谋生能力很强的这个男人,为什么没想要逃去东海岸呢? 他一定偷偷藏着粮食。当时他否认的样子十足古怪。跟一个不是老婆的女人待在那个小屋子里,他想干什么?

那个疯女人白皙的肉体猛然占领了宇治的大脑。同时，那个男人猥琐的犬牙也与之交织在一起。他们的事情和现在的我有什么关系，宇治这么想着，遏制住了脑子里的怪念头。但很快他又开始感到，难以抑制的不知由来的亢奋在胸口弥漫开来。他明白自己的表情乘着醉意在一点点扭曲。

"高城。"

高城脸上也泛着红晕。宇治挥着轻飘飘的手，指着来时的方向低吼道：

"你回去，把他崩了！"

宇治觉得，那男人实在不可饶恕。迷恋疯女人的肉体而不愿逃往东海岸，只想赖在一个无人的村落里。不过，我是真的打心底里厌恶那人丑恶的行为吗？我能说得如此理直气壮吗？宇治感到困惑，他定睛注视高城，似乎想收回发出的指令。高城脸上掠过一丝诧异的表情。他将水壶还给宇治，慢慢起身。他低头俯视宇治，有些犹豫。

"快去！"宇治加重语气重复了一遍。

犹如下定了决心，高城转身迈开步子。

宇治纹丝不动地目送高城，直到他的身影消失在树丛的阴影中。随后，他双手抱膝低下了头。再过几分钟那个男人就要被击毙了。那个男人说过无论跑到哪儿都逃脱不了死亡的命运之类的话，自己便是他的命中之人。因自己的恣意妄为，鲜活的生命很快就要走向终结，想到这里，宇治情不自禁地感到令浑身战栗的快感涌上胸口。宇治很清楚，这种快感也显然是由一时的酩酊所致。

（也许之后我会后悔。）

既然迟早走向毁灭，不如尽快毁灭吧！宇治感觉自己正在急速走向颓废，他把脸贴在膝盖上摩擦，两眼直冒金星。又过了片刻。

密林深处传来沉闷的枪击声。宇治全身感受着在密林里扩散开来的回声，脸依旧紧贴着膝盖，那一瞬间，他拼命抵抗悄然袭上心头的某种感觉。

过了一个小时。两人垂头丧气地走在密林中，一言不发。醉意仍残留在身体各处，意识逐渐恢复了清醒。

道路依然是平缓的下坡。浑身疲惫不堪，脚下的路高低不平，行走十分费劲，感觉两只脚交替摆动，似乎用的不是自己的力气。暮色已然笼罩上了树干。宇治暗忖此地可以露宿，但两脚并未止步。他不知道花田去了哪儿，说不定他会从前面的树荫里冒出来。这种感觉实在让人厌恶。宇治眼神不由自主地变得敏锐起来。此刻，盆地那一头巨大的落日应该正在下沉，树梢间的光线看上去变得昏暗起来。道上堆积着层层落叶，风一吹过，树叶便从枝头上飘落下来。宇治弓腰前行，走在身后的高城开口道：

“今天一定要追上花田中尉大人吗？”

“不知道。能追得上的话就追。”

片刻，又传来了高城不安的声音。

"宇治中尉大人。"

宇治转过身。相隔五六步远的高城快步赶上,拽住宇治。

"遇到了花田中尉大人的话——"高城的表情看上去要哭出来了,"能请您执行队长的命令吗?"

"杀了他?"

"是的。"

"为什么要杀他!"

高城紧咬嘴唇。

"那样的话,我们就能归队了。"

他的表情中露着儿童似的单纯。宇治胸口似乎受到猛力一击,不禁想要落泪。宇治将脸背过光线,默默地走了起来。

尽管逃跑的紧张情绪笼罩着宇治,然而,肉体所能直接感受的,却只是自己漫无目的地行走在漫无边际的密林中。唯有一点他深信不疑,只有这么做,才能救自己。因此,为了自己,他一路走到了这里。事到如今,决不能被任何外力所困扰,亦不可因瞬间的感伤而改变初衷。他一边迈着步子,一边告诫自己。

(刚才因为高城我差点流泪,如果因为这一点就想打退堂鼓的话,那么今早,我低头看见队长稀疏颅顶时的伤感,早就把我逃跑的念头打消了。)

他在战场上多次见过人们因瞬间的冲动而丢掉性命。他害怕自己也变得像他们一样。不过,这次的逃跑,或许也是源于自己刹那间的伤感。之所以觉得驻扎在圣何塞的一个月里,自己夜夜都在思考逃跑之事,也只是由于那段日子的苦闷所产生的错觉,事实上,昨夜才真正突发了逃跑的念头。宇治晃了晃脑袋,试图摆脱这一思绪。

逐渐走出了森林。对面好像有一片土堤。他们朝着土堤走,宇治忽然感到恐惧。

(见到花田,高城说不定会向他开枪。)

他猛地回头望着高城,神色严厉。高城也一脸不悦地回看宇治。倘若命令他不许开枪,高城没准反倒更想开枪。或许高城在想,杀了花田一切便迎刃而解。宇治突然想到这一点,将表情放得柔和了一些,决定问问其他事情。

"刚才——是一枪毙命的吗?"

"一枪毙命。"

"他说了什么?"

"什么都没说。"

高城的语气十分生硬。宇治觉得有些难于扭转局面,但又无法听之任之,便又固执地继续问道:

"射中了哪儿?"

"我射向了,女人的头。"

"女人?"

宇治惊愕地站住了,顺着斜坡打了两三个趔趄。这条道通到土堤上方。朦胧的白光映在了他的视网膜上。

是一条河。

这条河应该是通往卡加延河谷的支流,河滩上,清澈的水流卷着浪花消失在黄昏的雾霭中。视野所及已是暮色尽染。从土堤到河滩之间，盛放着在圣何塞部队里也见过的那种小黄花。几条小船系在岸边，一头水牛半条身子浸在河滩的水洼里，清澈而凝滞的河水气味扑鼻而来，风的呼啸声和浅滩的流水声混杂在一起。宇治站在土堤顶上望着眼前的景色，他意识到令人咬牙切齿的焦虑正在整个胸腔蔓延。

（哪里出了问题？）

究竟哪里不对他也不得而知。所有的一切盘根错节，理不出头绪。适才并没有让高城去杀那个女人。也许逃跑伊始，哪里就已经失控。所有行动都不在自己的掌控中。河风吹过他的脸颊，思绪开始陷入混乱。总觉得就差一步便可柳暗花明，眼下却无法用力迈出这一步。只有不祥的预兆频频向他袭来。

（这种难以言表的感觉究竟藏匿在何处？）

此刻，他终于在意识深处敏锐地捕捉到，这一预感，自打他今早离队起就一直紧紧缠绕在自己的内心。

"今天有没有陆军将校路过这里？"

高城将手围在嘴上，站在土堤上面向河滩高喊。

河滩的水流边，两个军人模样的人正在洗衣服。从穿着来看像是海军士兵。这一带曾被海军占领。高城的声音被风吹散，那头好像没有听清。两人起身回应，这头也听不见。两人似是一起笑了起来。海军士兵一旦处在崩溃边缘，往往就比陆军士兵来得更为无赖。其中一人扬起手，像是朝着土堤下游方向指了指。

沿着土堤，能零星看到几间聂帕棕榈树搭建的小屋。

"那两人是不是在说去那儿问问。"

经高城催促，宇治神情恍惚地迈开步子。土堤上，一条小道在淡淡的白光中向前延伸，而土堤本身呈巨大的弧形。河流也顺着土堤拐了个弯，一座简陋的小桥架在河上。高城走在头里。宇治身上不断感到阵阵恶寒，他无力地瞪着双眼，像是被人拖着一般继续向前走着。远处可以隐约见到河滩上有几个海军士兵正在搬运石头，不知要派什么用场。

走了一会儿，土堤下一间聂帕棕榈小屋的门口有个人影。宇治不经意地看了一眼，继续前行。是个原住民女人。就在那一瞬间，高城猛地回过头。

"就是那女人！"

由于紧张，高城的声音犹如被挤压了一般。宇治吃了一惊，凝神望去。昏暗的暮色已经笼罩四周，看不清女人脸色，凭着瞬间的印象，宇治可以确定就是这个女人。宇治不由得全身紧绷，手下意识地握住了刀柄，顺着土堤的斜坡飞奔下去。高城紧随其后。

女人倚在柱子上茫然地望着河面，她似乎觉察到了有人正冲下河堤，吃惊地猛然转过身来。此时，宇治已经和她仅隔一步之遥。女人将视线从宇治身上移向他身后的高城。"啊！"女人一只手扶在门口的立柱上，失声尖叫起来，大眼睛瞪得更大，面颊上的黑痣鲜明地映入宇治眼帘。

宇治高声问道：

"花田中尉在哪儿？"

女人瞪着双眼急促喘气，语不成声。宇治清晰地看到，和那晚透过窗户一瞬瞥到的容颜相比，这张脸瘦了一圈，看上十分憔悴，干枯的头发在风中凌乱不堪。女人踉跄着向门外跨出一步。

"花田中尉到底在哪儿？"

宇治再次问道，他的声音稍稍冷静了一些。女人抓着柱子的手不停地打着哆嗦。她的视线越过宇治肩头，瞪眼望着河的方向。花田中尉在哪儿？女人用夸张的体态说着答案。宇治霎时顿悟，猛地转身。

昏暗的河滩那头，有个貌似刚洗完澡的男人边用毛巾擦拭身体边向宇治等人的方向走来。他赤裸上半身，穿着将校裤子的下半身，在昏暗中一瘸一拐的样子清晰可辨。那人似乎没有注意到这里的一切，将毛巾绕在手指上擦拭着耳孔，走上河滩。突然，宇治背后响起了女人撕心裂肺的尖叫声。宇治听不懂她叫着什么。是伊洛卡诺语。男人听到声音大吃一惊，抬起了头来。长长了的头发和消瘦的面容，乍看以为是别人，宇治下意识地向前迈了五六步。千真万确，是花田中尉。

刚一步踏上土堤的花田，吃惊地向后退了两步。他和宇治的距离只在四五步之间。不知是由于沾水后头发根竖起，还是因为背对落日以至脸上出现了阴影，花田的表情看上去有几分凶险。他脸上惊诧的神情很快退去，忽然诡异地浮起一丝令人费解的笑意。他露出了白牙。见到花田的表情,始料未及的羞耻感在宇治的胸口扩散。当视线忽然扫到正在挪动步子绕到花田身边的高城时,宇治无法掩饰自己面红耳赤的模样。他所想象的与花田相遇的一瞬间的情景,唯独没有将这一情感算入其中。

"是宇治中尉啊——。来找我的吧?!"花田声音嘶哑。他不自然地抬了下手,好像羞于让人看到他消瘦下来的肩膀和胸肌。

"——伤,腿上的伤怎么样了?能走路吗?"

宇治也声音嘶哑,边问着边往前跨了三步,花田似乎身体抽了一下,再次向后退去。花田的右手顺势滑向裤子,动作极不自然。他裤子口袋里有什么东西?花田脸上的笑容忽然消失,猛地将右手提到胸口。花田手里握着一把闪着灰色亮光的小手枪。宇治感觉自己全身的血液快要凝固了,他脸色突变,拉开架势。宇治的右手也下意识地握住了武装带上的枪。花田注视着宇治,脸色煞白,眼底似乎燃起了烈焰。

"等等!"

宇治声嘶力竭的话音未落,花田的手指已经扣动扳机。剧烈的战栗瞬间传遍宇治全身。"咣——"冰冷的落地声响起。

——是颗臭弹!

宇治感到浑身冒出的汗水正急速地冷却,随之意识到了凶残的喜悦,他麻利地将自己的手枪紧贴在胸口。花田半张着苍白的嘴唇,握枪的手臂弯曲,斜贴着胸口,求饶似的垂着脑袋。宇治发现了花田眼里的绝望。剧烈痛苦的念头在他发热到极致的大脑中一闪而过。

(我嫉妒花田。很久了。)

宇治一瞬闭上眼睛,用力扣动扳机。明亮的白光瞬间从眼前划过的同时,振聋发聩的声音响起,巨大的反作用力传遍整个右手。花田大惊失色,双手抱在胸前,耷拉着脑袋,僵直地站着,很快身体向前倾斜,仿佛电线杆一般栽倒在河滩上,额头碰在泥土上的沉闷的撞击声响起。花田头面朝地一倒下,便因斜面的反弹身体稍稍转了个向。此时,宇治才闻到火药的气味。半张脸紧贴地面的花田嘴巴微张,眼圈发黑,他似乎动了动嘴唇,些许鲜红的血液从口中流了出来,黏稠地滴到了脸庞下正盛开着的黄色花瓣上。鲜血的重量压弯了小花,血液近半数流到地面后,小花的枝干又重新直立起来。目睹眼前的情景,宇治忽感耳底作痛,随即恶心的感觉从胸口直冲咽喉。他举着的手枪垂了下来,令人不快的战栗持续了片刻。

(到底还是把他杀了!)

今早起发生的事情毫不连贯地断断续续掠过脑海。宇治觉得任凭他怎么努力都无法摆脱的命运似乎紧紧把自己攥在手里。宇治焦躁地想把手枪插回腰间。但他的手在不停颤抖,无法将手枪送回枪套。手枪触碰到武装带上的金属配件,发出冰冷的撞击声。他终于勉强将手枪塞进枪套,扣上扣子。高城目不转睛地注视着花田的尸体走近宇治,声音低沉地问道：

"——要补一枪吗？"

宇治没有回答。像是为了止住寒战，他双手交叉，将脸从高城身上背过去。两腿沉重得好像身体就要倒地。宇治刚向河堤上爬了两三步，视线中有个女人站在小屋门口。她好像才从屋子里走出来。就是刚才那个女人。她一袭白衣，光着脚。她低头看到宇治时，尖叫了起来。仇恨的叫声。她踉踉跄跄地离开小屋，向宇治走来。

女人并没有哭。发绿的干涩的眼睛瞪得很大，毫无惧色地将她坚定的目光射向宇治。宇治和女人只剩一步之遥。女人的视线停在宇治脸上，背在身后的左手慢慢移到跟前。忽然，女人身体一紧，深灰色的物体在手掌中闪了一下。是手枪。黑色的枪口对准宇治胸口。宇治胸口的肌肉霎时本能地收缩，他纹丝不动地直立着。

（原来如此。）

宇治依然双臂交叉，脸上的表情似笑非笑。他一动不动地站立。女人左手紧握枪把，食指紧扣在扳机上。暗绿色的双眸闪着干巴巴的亮光，直愣愣地注视着宇治的眼睛。宇治不露惧色，面对乌黑的枪口，他脸上再次闪过难以捉摸的表情。这一刻，只有虚脱后的安心感支撑着宇治的身体。他静静地体味到，在接二连三地与现实抗争之后，自己终于精疲力竭了。

（今天一天，历经千辛万苦，得到的是如此的下场。看她的手势,不像是第一次拿枪哪。)

——这女的应该是左撇子,他感受着女人紧握枪把的左手,脑子里茫然思考着。脑子里的一隅忽然浮起那晚透过窗户向里张望时,这女人的确也是用左手举着酒瓶。那会儿的花田安心惬意地躺在椅子上,年轻而又幸福,那个身影如今已成了冰冷的尸体,躺倒在宇治身后。花田尸体倒下的瞬间,宇治不是用眼睛,而是用脊背活生生地感知到了。站在稍远处的高城似乎注意到了这里的动静,斜跑着登上河堤。那一情景看上去在十分缓慢地移动。犹如高速摄影,女人、高城、周遭的风景都在缓慢移动。宇治脸上依旧泛着不可思议的笑容,双手交叉,视线茫然地落在黑色的枪口上。在宇治茫然的视野的一角,爬上河堤的高城犹如皮影戏中的人物那样晃动着,高城手中的枪似乎已瞄准了女人,向自己飞奔而来。宇治视线中的女人,身体僵硬地收缩了一下。

忽然,枪口射出了一道刺目的白光,瞬间,宇治左胸口感到了烧灼般的热辣的冲击。他像要保护胸口似的用双手紧紧捂住那里,身体直直倒下,随即冲开斜坡上的花草,滚落到堤下。

宇治头冲着下方趴在地上,忍着剧痛,微微睁开眼睛。他无力地望着河水泛着黯淡的白光从河滩这头流向远处。胸口剧烈疼痛。他也不清楚自己是什么姿势,水壶好像偏离了位置顶在肚子上。里面的威士忌还剩下一大半没有喝完。风从耳畔吹过,黄色的花瓣在眼前飘落,堆叠了好几层。突然,充满血腥味的液体越过咽喉,汹涌地弥漫到了口腔中。

"——宇治中尉大人,宇治中尉大人!"

高城贴在宇治耳边大声呼喊着。那声音急速微弱下去,四周瞬时一片寂静。犹如剥去云母膜一般,风景由远及近,逐渐变得支离破碎,模糊不可辨认——

四周早已雾霭缭绕。只有河面上泛着最后一丝余晖,风呼啸着吹过河滩上的石头。距离花田尸体两步远的地方,鲜血染红胸口的宇治,头面朝下地伏在河堤的斜坡上,四肢的感觉在一点点消失,最终,他失去了意识。

暮色也降临在了那里。

幻　化

同行者

　　五郎直起腰，俯视下方。果然只能看到灰白色的云海。云层似乎薄厚不匀，时而出现裂缝，透过撕扯成纳豆丝般的裂缝，可以望见山丘、杂树林、农田和人家。不过，很快又飘来新的白云，遮挡住视线。飞机高度大概在五百米左右，这是从俯视的农家房屋的大小推断出来的。

　　五郎将视线转移到发动机上。

　　（还趴在那儿啊。）

　　他寻思。

　　从大分机场出发不久，五郎便发现那东西趴在那儿。黄豆大小的椭圆形玩意儿，从发动机向着机翼方向慢吞吞地爬行。当他注意到它时，它忽然消失了。不远的地方又出现了和那玩意儿形状相同的物体，慢条斯理地爬行。是刚才的虫子(?)吗？还是别的东西？看不清楚。也许是幻觉，五郎担心。

　　五郎住院前常有这种体验。白墙上爬着蚂蚁。怎么看都有只蚂蚁趴在那儿。上前用手指一按，却什么也没触碰到。如果是长翅膀的虫子，用手按的话还是可以感觉到的，但隔着窗户，触碰不到。就算打开窗户，手也够不到。

　　五郎环视了一下机舱内，只有五个乘客。

　　从羽田出发时，飞机上有将近四十人。到了高松，一半人下了飞机，又上来另一拨人。飞抵大分，人下得差不多了，只剩下五个乘客。从羽田到大分，一路上晴空万里，可以清晰地望见海浪、渔船、白色的街道以及移动着的车辆。大概快到大分机场时，空中开始出现薄薄的云层。飞机起飞后，很快钻入了云层。

　　飞机开始滑行时，机舱里五个人的座位是这样的：坐在五郎邻座的是三十四五岁模样的男子；斜后方是一对青年男女；青年男女身后的座位上坐着一名男子。就这些人。机舱里有四十多个座位，大家分散开来就座的话就能舒展手脚。那样岂不是更好？五郎这么想，但事实上大家挤在一起。五郎也想起身换个座位，但必须跨过外侧即通道一侧的乘客双膝，五郎不想这么麻烦。

　　五郎不清楚身边座位上的乘客是什么时候上飞机的。五郎是第一次坐飞机出行，所以一直在看风景。

　　"坐飞机会不会害怕？"

在羽田机场候机时,五郎有些担心,不过上了飞机后并没有这种感觉。不再担心,但也没有特别惊奇。他只是百无聊赖地俯视着下面的风景。

邻座男子从周刊中抬起头来。他头上散发着发蜡的气味。男子的视线转向窗外。他凝神注视着发动机。他好像发现了那个黑点。五郎默不作声地点燃一支烟。过了差不多两分钟。

"奇怪呀。"

男子似乎在自言自语。他戳了一下五郎的膝盖。

"喂,你看那里。"

"刚才就看到了。"

五郎回答。

"一只接一只爬出来了。"

"一只接一只?"

男子笑了一下。

"像虫子或者老鼠。"

"嗯?不是虫子吗?"

"不是虫子。虫子不会趴在那上面吧。哎呀……"

五郎看着发动机。颗粒一下子多了起来。它们不再是单独的颗粒,已经从机翼的表面到襟翼连成一线,最终又在风压下四散开去。这下看明白了,它们不是虫子。也不是自己的幻觉。

两人的视线在那条黑线上停留了片刻。男子身体窸窸窣窘地动了几下,递给五郎一张名片,说话语气有些不安。

"这是我的名片。"

名片上写着"丹尾章次"。某电影公司营业部。五郎找了一下自己的名片,口袋里没有。

"谢谢。"

五郎瞅了几下名片,问道:

"怎么读?你的姓。"

"NI AO。"

"很少见的名字。"

"很少见吗?我出生在福井县的武生,那里有很多姓丹尾的人家。不算稀罕。"

"我没带名片。"

五郎说着,告诉他自己的名字。

"我出来散步,突然想坐飞机,所以什么都没带。"

并不是五郎被允许外出,而是他偷偷换上西服,把准备缴给医院的住院费装进内衣口袋,戴上口罩后溜了出来。他混在病人和探视者中间,没被人发现。他买了香烟,走进咖啡馆,要了一杯黑咖啡。久违了的咖啡,刺激了他低迷的情绪,人变得兴奋起来。

(对!就去那儿。)

究竟是以前就想好的,还是一时突发奇想,五郎不清楚。

"原来是这样啊。"

丹尾频频附和道。

"是突然坐上飞机的吧?"

"你怎么知道?"

"你一点儿行李都没带。头发和胡子都太长了。我想,不是经常出差的人就是突然出门的人。经常坐飞机吗?"

"不是,我第一次坐。"

"这条航线,是比较危险的。"

丹尾眼睛望着发动机。

"不久前在大分机场撞到河堤上了,死了人。后来在鹿儿岛机场也出事了。"

"啊啊。我知道这事儿,报上看到的。"

五郎点了点头。

"飞机降落时最危险。对了,你去鹿儿岛干什么?"

"推销电影片子。哎呀,又多起来了。"

五郎的视线也转向发动机。黑线条渐渐变粗。不仅变粗了,而且中途出现了分支,成了两条黑线。五郎眯起眼睛,想看个究竟。不过,他不具备飞机方面的知识,无法判断那些是什么东西,有什么意义。五郎嘟哝道:

"那是液体吧,我没看错。"

"是机油。"

丹尾说,他的声音听上去很干涩。

"害怕吗?"

五郎心里想了想。自己没有恐惧感。恐惧感还沉睡着。

"不。不害怕。"

五郎答道。

"你去推销电影片子？电影片子好卖吗？"

丹尾又短促地笑了一下。

"拍电影很花钱。不卖个好价钱，拍片公司就要破产了。"

"原来是这样。"

五郎嘴上这么说，心里并不完全认同。电影胶片是由铁路直接运输的，不需要商人到处去卖吧，五郎这么觉得。他看了一眼丹尾。这张脸从未见过。他头发上涂了很多发胶，留着一撮小胡子，戴着领结。身材微胖，脸色不太好。从脸颊到额头，能见到淡淡的毛细血管。大热天，他身上却穿着一件很旧的雨衣。五郎问：

"你说推销电影片子，是卖色情片什么的吗？"

"你说笑话吧，我看上去像那种人吗？"

此刻，侧面的玻璃窗上悄无声息地出现了黑色斑点。两个，三个……。应该是由于风向关系，流到机翼上的物体被吹到了玻璃窗上，依旧保持着颗粒状。在飞机的轰鸣声中什么声音都听不见，但看得出来，这些颗粒应该是"咚"地撞到窗户上的。两人不出声地关注着眼前的动静。坐在尾部的空姐好像终于意识到了什么，快步走了过来。丹尾抬起头来，问道：

"那是什么？"

"好像是润滑油吧。"

"那样没问题吗？"

空姐没有回答，只是望着发动机。忽然，五郎感到空姐表情严肃的侧脸很有魅力。不一会儿,发动机的形状也变得看不清。吹上来的黑沫遮住了半扇玻璃窗。斜后方的乘客也注意到了异常情况,开始骚动起来。

空姐一语不发地快步向前走,消失在驾驶室。五郎目不转睛地注视着她的两腿和扭动的腰身。他又想到了医院。

(现在他们一定手忙脚乱了。)

五郎脑子里想象着病房里的情景。加上五郎,病房里一共住着四个病人,还有两个女护工。开始慌乱的一定是那两个女护工。病人会在一起聊天,玩牌,但相互之间不用对别人负责。虽说是精神科病房,但并不会打斗。住得最久的是一个四十多岁的男子,他从电线杆上掉下来,摔到了头。这个男子其实已经痊愈了,但不肯出院。护工透露,不知是公司的工资还是保险的关系,住在医院里反而更划算。大家给他起了个绰号:电线杆。

"这男的,脸皮很厚。"

"瞎说,没有那回事。"

男子笑嘻嘻地辩解。

接下来是老头。他在马路上遇到一个街头艺人便精神出了问题,住进医院。进进出出好几次,如果按总时间来算的话,他是住得最久的。还有一个年轻人,家里是开天妇罗饭店的,他患的是酒精依赖症。病房里的四个人都非常本分。

(他们吵嚷起来也晚了,我已经在离他们几百里开外的地方了。)

从走进咖啡馆喝咖啡那一刻起,五郎就完全不想回到沉闷且缺乏变化、没有快乐的病房。

空姐懒洋洋地走出驾驶室。她弯腰告诉五郎和丹尾。

"快到鹿儿岛了,飞机继续飞行。请放心。"

她又走向下一个乘客。玻璃窗上几乎全都是润滑油。丹尾说:

"我们换个座位吧?"

"好啊。"

五郎爽快应道。两人移动到通道另一侧的座位上。这一侧的玻璃窗是透明的。突然,云层断开,前方可以看到大海,泛着亮光。

"你多大年纪?"

丹尾边系安全带边问。他的手看上去在抖,安全带插不进去。

"我三十四岁。"

"我四十五。"

五郎回答。

"润滑油会燃烧吗?"

"会燃烧。不过,温度不高的话很难烧起来。还是系上安全带比较好。"

丹尾从口袋里取出装洋酒的小瓶,打开盖子,一口气喝了半瓶。他将酒瓶递给五郎。

"来一口?"

五郎摇了摇头。丹尾拧紧瓶盖，放进口袋。飞机飞上了洋面。

"你害怕吗？脸色不好。"

"不害怕。可能是累的。"

不害怕，但五郎能感到身体的某个部位在发抖。不是手脚，而是身体内部。和心情无关，有什么东西在有规律地颤动。就是那样的感觉。

飞机飞在洋面上，速度好像降了下来。飞机缓慢地绕锦江湾中的樱岛飞了半周，降下高度。机场上的跑道扑面而来。飞机落地时身体感到的冲击，比在高松和大分机场强烈得多。飞机滑行了一段距离后，抖动着机身停了下来。两辆形状特别的卡车从前方全速疾驶而来。五郎解开安全带。轰鸣声消失了，机舱内忽然变得吵嚷起来。

外面很亮。由于地处南国，光线十分强烈，走下旋梯时，五郎的眼睛被刺得很痛。身边人的说话声，听上去非常遥远。听力似乎下降了。丹尾跟在五郎身后走下旋梯。两人一起进了候机室。

"经常发生那样的事吗？"

丹尾用稍带质问的语气问女职员。

"那样的事？什么事？"

"你看那边。"

丹尾回头看跑道，飞机已经不在原地了。把所有乘客放下后，飞机已经开始向专用跑道移动。丹尾表情有些扫兴地说道：

"给你说了也没用——"

"你是要去枕崎吗？"

他们被车辆送到了航站楼。走进航站楼前的饭馆，丹尾要了酒，五郎要了乌冬面。饭馆不高级。由于在飞机上吃了三明治，五郎没什么食欲。

"是的。"

五郎捞起一根乌冬面，送到嘴里。耳朵的不适感已经消失了。

"要不要来一杯？"

丹尾把酒倒入空杯。五郎一口灌进嘴里。一种奇特的气息和味道在嘴巴里散开。五郎猛地咽下后开口道：

"这不像是普通酒。"

"是白薯烧酒。兑过水了。"

"再来一杯。"

五郎又要了一杯，细细品了一下味道。

"啊，这酒我在打仗时喝过两三次。想不起来在哪里喝的。好像更冲一些——"

"是不兑水喝的吧？"

丹尾又倒了一杯。酒杯很大，口边也非常厚。

"我要不要也去枕崎呢？"

丹尾直视五郎。五郎的表情瞬间变得僵硬起来。为了掩饰,他又捞起一根乌冬面。

"为什么要跟着我?"

"不是要跟着你。我想从那里开始推销。"

"推销?说的是电影?"

五郎开始警戒起来,他把圆凳子挪开了一点。

"是啊。"

丹尾拍了一下手,又要了一壶酒。

"直营的电影院没有问题,但到了乡下,有一些没有系统管理的小影院。只要好看又便宜,他们什么公司的片子都愿意买。我想去那些地方推销。我会带上电影介绍和片名一览表,告诉他们这是适合在这种地方放的片子,价格是多少。他们会讨价还价。价格一谈拢,生意就做成了。全看推销员的手腕。各公司的竞争可是非常激烈的。"

"好买卖啊。"

"为什么这么说?"

"可以去各地跑。"

五郎喝空了酒杯,答道。

"我这一个月,一直关在一间小屋子里,一步都没出门。不对,不是不出门,而是出不了门。"

"为什么?"

丹尾的眼神变得严肃起来。

"不为什么,只是规定。而且是在二楼——"

病房在二楼,窗外有高耸的喜马拉雅杉树,将病房和外界隔开。不过,五郎并没有逃跑的想法和理由。在朋友的安排下,五郎一开始住进单人间,进来的第一天好像就开始了睡眠治疗。每天三次,有人送来白色的药粉。到了第三天,来查房的医生问五郎:

"情绪怎么样? 稳定下来了吗?"

"没有。"

五郎回答。

"还不开始治疗吗?"

忧郁和悲伤的情绪还在他心中挥之不去。露出獠牙,渴望战斗。是情绪渴望五郎战斗,还是五郎渴望战斗,这并不清楚。半年前五郎察觉到了这一状况。他和某位好友下围棋时,突然感到浑身不舒服。心情变得极差,脸部频繁抽搐。他还是硬着头皮挺着,把石头做的棋子儿下到棋盘上。脸上的痉挛依然在持续。他举起棋子儿,棋子儿掉在了榻榻米上。朋友吃惊地抬起头来。

"你不对劲。脸色很差。"

"有点儿不舒服。"

他把坐垫一折为二,躺了下来。一会儿医生来了。血压有点高。医生说可能是因为下围棋时精神高度集中导致的,为他打了一针便离开了。痉挛很快平复了。后来,类似的症状又出现过好几次。走在大街上发作时,五郎立刻拦出租车回家。拦不到出租车时,就马上跑进门店里休息。静养片刻就会恢复过来。五郎很快发现,每当此时,只要大口喝下一杯酒,恢复得就特别快。

　　不知什么时候发作,他对此感到担心和紧张。那不是常住在身体里的东西,好像波浪,有时突如其来。并不存在令它突如其来的诱因。和心情、身体状况无关。一发作,五郎便喝酒。或躺在床上,或边看电视边喝酒。回过神来时,发现脑子里想的都是"死"。想到死,并不意味着对死有了哲学性的思考。他也没有想过自杀。只是模模糊糊地想着有关死的问题。他胳膊肘支在桌上,边喝酒边哼着歌。他经常哼的是军歌中的一段。

　　"……北风凛冽千早城。"

　　后面是

　　"楠公父子,忠心泣鬼神。"

　　"楠公父子"已经在五郎的心里被换成"密电码"了。密电码忠心泣鬼神。他苦笑着想,这不正是我的真实身份吗?迄今为止,自己不是一直在竭力忘记、回避和掩饰内心的担忧吗?不仅是我,大家都一样。

　　"已经开始治疗了。今天稍微抽点血。"

　　医生回答。五郎看着注射器里的鲜血,自己也想到了今天会抽血。不过,幻觉怎么办?

　　"好吧,差不多该走了。"

　　丹尾放下酒杯站起来。德利壶中三分之一的酒是五郎喝掉的。丹尾付了账。五郎目不转睛地看着他付钱的手,还有厚厚的钱包。丹尾看了一下手表。

"不知道火车时间，会不会在车站等很久啊?"

"我坐大巴。"

五郎冷冷地回答。

"我不想等。"

五郎先走出饭馆。航站楼边上是包车行，他走了进去。从机场刚刚返回的司机用一块破布擦着车身。他看到五郎，细小的眼睛露出笑容。

"去枕崎吗?"

"去的呀。请上车。"

司机打开车门。五郎坐了上去。丹尾还没从饭馆里出来。司机上了车。

"您一个人吗?"

五郎刚要点头，丹尾撩起门帘从饭馆快步走了出来。他迅速上车坐到五郎身边。

"请带上我。好像赶不上火车了。"

丹尾把手中的行李扔到司机边上的副驾座上。司机答道：

"火车刚开通不久，一天也就几趟。"

他的语调中掺杂着口音，不过也算是标准语。这大概和司机这一职业有关，应该也受到了电台广播和电视的影响。刚才机场前台的女人也是用这种腔调说话。

（是返回去了吧?）

五郎想。车辆逆向跑在刚才坐车来时的街道上。五郎赶紧在脑子里搜索地图。二十年前,这里被轰炸得十分惨烈,整个城市只剩下建筑物的骨架和瓦砾。电线垂在地面上,自来水龙头吱吱嘎嘎叫着,往外喷水。人行道上,犹如长久放置在黑夜中的照相机拍摄下来的画面那样,只有纹丝不动的场景,全无行人踪影。此刻行驶中的车辆两侧,行人络绎不绝,建筑物井然有序,路面铺设得十分平整。那时也有人行道吧? 不过,五郎的印象中没有,有的只是废墟。五郎靠在靠背上,注视着窗外移动的风景。

"刚才你说有什么东西趴着是吧?"

丹尾问。

"你真那么觉得?"

"是的。"

"你没觉得很奇怪吗?"

"很奇怪? 没有。"

五郎故意这么回答。

"我开始以为看错了。你也发现后,我才确信没有看错。"

丹尾沉默不语。

"那里再多爬出一些虫子来我也不觉得奇怪。世界上这种事情多得数不胜数。"

车辆穿过市区,驶上海滨大道,住户越来越少。樱岛浮在蓝色的海面上,顶上冒着白烟。

"不过——"

五郎说道，他收回视线看着前方。

"你是在东京上飞机的吧？"

"不错。你没注意到吗？"

丹尾答道。

"从羽田起就一直坐在你边上。招呼过你两次，你都没有理我。"

"两次？"

"嗯。第一次在濑户内海的上空。第二次是在大分机场的候机室。我在候机室抽烟，还去借了火。你记得有一个戴着肩章有点像议员的男人吧。"

"啊啊，看到的。有很多人来接他。那人是议员？"

"应该是吧。到了大分只剩下五个人了。"

等等，五郎寻思。五个人的话就不用坐指定的座位，坐哪儿都行。既然如此，为什么他偏要坐我边上，这是为什么？

"只有五个乘客，不知这生意能否做得下去。"

"我有点懵懵懂懂。和自由世界久违了，变迟钝了。就算有人和我搭话，我也听不见。肯定是这样。"

"自由世界？这样说来你是——"

听丹尾的声调，似乎有点不知怎么表达才好。

"之前是在拘留所还是……"

"拘留所？"

五郎望着丹尾。

"不是拘留所。你熟悉那地方？"

丹尾摇摇头。

"我不熟悉。你看上去有点奇怪,所以稍微留意了一下。不行吗?"

五郎忽然感到头痛。说不上头痛,更像是头上被罩上了一个紧箍咒。他两手按住太阳穴,揉了几下。头痛持续了三十秒左右消失了。

"有头部剧痛的情况吗?"

住院前医生问过五郎。那位医生是三田村(一起下围棋的那位朋友)的挚友,他在三田村的陪伴下来五郎家里。谈话的客厅十分狭小,墙上挂着一幅风景画,一角的桌子上放着一瓶花。墙上贴着墙布,好像是经过特殊加工的,声音被墙布吸收,说话时没有回音。

"没有。"

五郎回答。

"虽然不头痛,但有时会有忧伤的抑郁感觉。"

"是持续性的吗?"

"不是。不是持续性的。有时像巨浪突如其来。不不,应该是持续的。"

五郎歪着脑袋,话说得像一句一句挤出来似的。

"说不清楚的担心,不想外出。脸上老有抽搐的感觉,老觉得别人在暗地里窥视我,所以总把自己关在屋子里。"

"把自己关在屋子里,干些什么?"

"躺在床上看书,看电视,唱歌——"

"唱歌?"

医生取出笔记本,记录着什么。

"看什么书?"

"主要是旅行记、周刊之类的。难懂的书看不进去。"

"你看旅行记啊。"

医生的眼中流露出探询的神色。

"电视还是不要多看,容易眼睛疲劳。眼睛疲劳后,精神状态就会变得焦虑,疲惫。"

"是吗? 其实也没那么想看。"

五郎看电视。看到可笑的场面,五郎也不笑。他觉得不可笑。并非五郎冷血,相反,他非常容易动情。不过只是对悲伤的事情,快乐的情感已经麻木了。五郎变得不会笑了,泪点极低。脑子里虽说十分清楚,电视是电视台通过电波发送成为影像的,但从实际感受上来说,他觉得那些东西都是虚幻的。那些影像仅仅是在动而已。看不下去时便关上电视机,开始喝酒。然后唱歌。三田村在一旁插嘴道:

"不是还有幻觉吗?"

"幻觉? 是电视吗?"

"不是,是门铃声。"

"门铃声? 那是怎么回事?"

医生问。

"有时候,不是时候的时候,玄关那头的门铃就响起来了。出去一看,没人。"

"不是时候的时候是什么意思?"

"半夜。好像有谁在搞恶作剧。"

五郎不太愿意提起幻觉的事,比如门铃声,还有爬在墙上的蚂蚁,等等。自己是正常人,他想把话题引向那个方向。这与找医生看病看起来是矛盾的,但本能的自我防御心理开始作怪,他想让别人觉得自己症状很轻的念头格外强烈。

况且他脑子里还存在一个疑问。

(这个医生会不会是冒牌货?)

如果是在医院的现场,他身穿白大褂,手持听诊器,姑且可以相信。但眼下,这个医生穿着和服,悠然自得地坐在沙发上。不像医生。没有任何他是医生的证据。在医生来自己家之前,五郎以为自己会去医生家。在客厅里对话的过程中,他开始萌生疑虑,并逐渐变得强烈起来。

(你真的是医生吗?)

他甚至产生了想要这样质问的冲动。但是,如果他是真医生的话,自己就有可能会被当成真的精神病人。那样的话就不好办了,因此五郎没有问出口。

医生又继续问了一些问题。最后,他像宣告结论般地说:

"确实有点压抑。"

"压抑?"

"很多东西,沉重的东西,压住了脑袋。必须去除它们。"

"沉重的东西吗?"

五郎马上联想到经过美发厅时总能看到的套在女士头上

的头盔一样的烘干机。

"啊啊,只要取下来就行了吧。"

"可以这么说吧。"

"我明白了。不过——"

戴着头盔的人是正常人,而现在的我才是把头盔取下来的那一个。我露出脑袋,不才有了正常人没有的感觉,能感受到他们感受不到的事情吗?生存的痛苦不是正在直击我的肌肤吗?在这一点上,我应该是正常人。五郎瞬间想到了这些,但他没有说出口。

"健康和不健康的界线是——"

"所谓健康,是紧张和松弛、亢奋和压抑处于平衡状态。"

医生颇为自信地说,他点了一支香烟。

"人一般都用自己内心的尺度来衡量事物。疲惫时心中看到的世界,和充满活力时看到的世界,哪怕接触到的是同一个对象,感受也完全不同。再加上这也与人的性格有关,事情就变得更加复杂了。"

"那应该怎么来消除压抑?"

"有很多办法。比如电击、持续睡眠疗法等等——"

"电击?"

五郎的声音不由自主地高起来。

"就是坐在电椅子上吗?"

"又不是执行死刑。"

三田村笑着插嘴道。

"这家伙老早就怕电。"

"哪里。这和怕不怕没有关系。"

五郎反驳道。

"电流会对人体产生作用。不过，能不能对人的精神、感情产生作用——"

"那酒精怎么样？酒精虽然只是一种物质，但它能左右感情。"

"那就选睡眠疗法吧。"

医生掐掉烟头说道，像是为两人调停。

"什么时候来都行。我为你准备好病房。"

"我看上去奇怪吗？"

五郎问丹尾。出租车从海滨大道折向山间。转弯处道路高低不平，车辆摇晃得很厉害。

"我什么地方奇怪？"

"走路脚下打飘，起初还以为你是喝醉酒了。和你说话也不搭理。"

"啊啊。药物还残留在体内。再加上有段时间没怎么走路了，脚下不听使唤。"

"是在医院里吗？不是拘留所？"

"嗯，在医院里躺着。服了安眠药。"

丹尾过了一会儿说道：

"是企图自杀吗？"

"不是。住院后每天都服安眠药。为了治疗。因为每天都服,逐渐积累起来,变成了酩酊状态。"

随着车身的震动,刚才喝下去的烧酒渗透到身体的各个部位。虽然觉得自己说得太多了,但五郎还是说得很起劲。

"为什么要让你酩酊大醉?"

"为了消除不安和紧张感。"

"原来如此。人一旦喝醉了,那些感觉就没有了。"

丹尾认同道。

"现在已经清醒了吗?"

五郎摇了摇头。已经不再给自己服安眠药了,五郎想。停了名叫索佛拿的白色粉末状的药物,就再没出现过那些症状。不过,服用期间的嗜睡状况,虽然在逐渐减轻,但依旧存在。恐怕出院半年后才能恢复到正常状态,医生也这么说。况且现在并没有正式出院,只是自己逃了出来而已。一大早偷偷换上西服时,大正虾米问五郎:

"你这是要干什么?"

大正虾米是天妇罗料理店儿子的绰号。

"不干什么。"

五郎回答,他正努力打领带。想不起来领带怎么打,五郎马上就变得沮丧起来。一旦消除了压抑,就会变得忘事。与此同时,还会变得很色情。就像酒鬼在酒馆丑态百出一样。在这一点上,索佛拿比酒精的作用更强劲。五郎终于打好领带,逃了出来。

"没有,还没清醒。"

五郎回答丹尾。

"不过,不安和紧张感好多了。乘飞机前担心情绪变糟,但没出现什么症状。"

飞行途中,五郎只是昏昏欲睡,什么都没做。他发现润滑油漏出来时,也没有感到不安和惊愕。坐在这个飞机上的目的,他自以为很清楚,完全没有飞机会坠落、烧毁那样的实感。

"奇怪的医院啊。"

丹尾说。

"从来没听说过这样的疗法。哪家医院?"

"已经到知览了。"

司机嘟哝了一句。

"这里是烟草产地,过去是陆军特攻队的基地。"

司机说完这句便没了后话,车厢内一下子安静下来。丹尾从口袋里掏出装洋酒的小瓶,一口气喝完剩下的那点酒。他打开玻璃窗,把小瓶扔到路边。丹尾的手心红得有点异常。

"过去打仗时我来过知览。"

丹尾用雨衣的袖口擦了擦嘴,说不上是在和谁说话。

"被我老爸和嫂子带来的。"

"来知览干什么?"

五郎问。

"来当兵?"

"不是。我大哥在这里开飞机。是来告别的。"

丹尾目不转睛地注视着窗外的景色,吃惊地问道:

"司机,这里是飞机场?"

修得十分宽阔的大道笔直向前延伸。两侧全都是农田,洒满金色的阳光。远处干活的人影和黄豆差不多大小。

"嗯,是的。"

司机答道,他降下速度。

"听说这条道过去是飞机跑道。战争中的事我不清楚。"

"比现在更宽。没有农田。"

丹尾张开双臂。手臂张得太大,右臂触到了五郎胸口,压到了他。丹尾将手收了回来。

"没有这样的农田,都是路面!"

丹尾的声音听上去有些激动。五郎也想象着一望无际的平野和如同模型般的飞机。那些场景,宛如老式胶卷已经褪了色。不过,他没法把丹尾的形象融入那个场景。片刻,五郎问道。

"那时你多大?"

"十三。不,十四岁。"

"你嫂子也很漂亮吧?"

不施粉黛的年轻脸庞、包裹在劳动服中的光滑的躯体,它们在梦幻般的风景中跃动,刺激着五郎内心病态的情欲。丹尾没有回答,他对司机说:

"麻烦你在这里停一下。"

车停下来后,两人下了车。司机也跟着下了车。丹尾用

手掌挡住光线,环视四周。他取出照相机。五郎想象着电影中见过的特攻队的年轻遗孀,问道:

"那时你嫂子多大?"

医院二楼的走廊尽头,有女护工的值班室,还有厨房和简陋的寝室。对面有架楼梯,通向阳台。五郎住院一周后,爬上楼梯,发现阳台上有两个身影。其中一人是大正虾米,他一只手捂着脸在哭。由于是傍晚,逆光下只能看清身体轮廓。看上去有个重影,是正在安慰大正虾米的护士。五郎只听见啜泣声停了下来,但听不见他们的对话内容。五郎原本打算爬上阳台瞭望远处,现在只能止步不前,趴在楼梯上。大正虾米为啥哭?是想家了吗?

逆光下,护士的白色工作服有点透光,看得出体形。女护士身体的轮廓漆黑一团地映入了大脑,忽然刺激到五郎的情欲。这是个绝好的窥视位置。随着女护士的身体活动,肉体和皮肤的摩擦,仿佛变成了自己身体上鲜活的感触。这种情欲上的触动,在过去的一年里,从未在五郎身上出现过。

(这就是医生说的症状吧。)

压抑感一旦消失,被压制的情欲便会燃烧。住院的日子还不长,不知道她是哪个护士。五郎竭力控制自己的情绪。我岂能容忍自己变成医生预言的那种人,或者听凭药物肆虐!住院的起初,五郎心里便下了这般决心。

(我和这里的人不同。我不和那些庸俗之辈有同样的反应！)

　　五郎憋足了劲，并且憋足了无用的劲住进了医院。此刻，五郎有劲无处使，他转过身体，慢慢地下了楼梯。回到房间，正在看旧杂志的中年女护工，注视着五郎的脸。

　　"怎么啦？眼神不对劲。"

　　"今天一大早看东西有重影。"

　　五郎躺到床上后答道。

　　"药物副作用造成的。"

　　女护工用十分平常的语气说道。

　　"视力会更加模糊的。"

　　五郎拉上毛毯，闭上眼睛。情欲和嫉妒，不断涌上胸口。他抓起毛毯一角，低声哼哼起来。瞬间，他弄脏了毛毯。——之后，他进入了更加严重的状态，几乎昏死过去，当初的情形全然不在记忆中。

　　"能帮我照张相吗？"

　　丹尾站在农田前，将照相机递给五郎。

　　"按下快门就行了。"

　　五郎将照相机举到眼前，把丹尾放入取景框的正中央。随后将他的身影移到镜头的一角。他按下快门。应该拍下了丹尾的半张脸和广阔的天地。随后他又变换位置拍了三张。丹尾取回照相机，看上去并不兴奋。

　　"我也给你拍几张吧。"

　　"不用了。"

五郎拒绝得很干脆。

"我不想在这种地方照相。你干吗在这里拍照?"

"寄给我大哥。"

"你大哥? 他还活着?"

"嗯。"

丹尾先上了车。

"他好像运气不错,刚被派到其他基地,战争就结束了。现在武生的油漆公司工作。"

出租车启动了。从特攻队员变成油漆公司职员。呵呵,五郎感觉有点不屑。不过,谁都没有指责别人的权利,五郎清楚这一点。不过,他嘴上还是轻啧了一下。

"他过得幸福吗?"

丹尾吃了一惊,看着五郎。

"他看上去幸福吗?"

丹尾的脸部表情扭曲了。

"一个月前,我嫂子在交通事故中死了。站在都电①的安全地带,却被大卡车的一角撞到了。"

丹尾想笑,但声音发颤,不像笑。

"那样一来我大哥又故态复萌,成天抱着酒瓶子。最后只好请求公司,调离总公司,安排到南九州干推销。不,不是请

---

①　东京都交通局经营的路面轨道交通的简称,也称"路面电车"。——译注

求公司,是公司下令调走他。要不要我告诉你,为什么我在羽田机场对你感兴趣?"

"你说对谁感兴趣?"

"对你呀。你难道不是想要自杀?"

"我?"

五郎将身体蜷缩在座位的一角。丹尾眼神中露出凶光。

"我看上去像要自杀吗?"

五郎回看了丹尾片刻。

"我压根儿没想过自杀。我确实想确认这件事究竟和我有什么关系。不过,你说嫂子死了,是说你的事吧?"

丹尾露出莫名其妙的表情。

"不是说我的事吧?"

"是啊。我可没问你的事。"

五郎没有放下戒心。受别人的情绪影响,对现在的自己来说负担过于沉重了。

"我说的是武生油漆公司的事。"

"啊啊,说的是那事啊。"

五郎顿时放心了。

"那时候他很幸福。和嫂子生了四个孩子。不过,大哥幸不幸福,和现在的我没什么关系。"

"谁和别人都没关系。"

五郎安慰丹尾似的说。他想了一下生过四个孩子的中年妇女,但很茫然,没有想象出来。

"如果觉得和别人有关系,误会就会开始出现。"

司机听着两人交谈,一声不吭地操纵着方向盘。丹尾发红的手掌捂着脸。大概过了十分钟。五郎望着窗外,丹尾放下手。

"我在鹿儿岛转一圈后去熊本,打算去登阿苏。"

"阿苏那里也有电影院?"

"阿苏没有,那是山。"

丹尾回答。

"我觉得,看了那么雄伟的风景后,我的心情或许会好起来。"

"希望你如愿。"

在枕崎下了车,五郎感到肚子饿了。在飞机上用过餐,在鹿儿岛吃了少量乌冬面。吃进肚子里的就那么点东西,之后在车上摇晃了很长时间。日头还很高,由于纬度关系,这里的日落比东京晚大概一个小时。不过,肚子饿也不全是这个缘故,毕竟和医院里安静度过的一天不同,今天移动的幅度够大。吃点什么吧,丹尾招呼五郎。他好像终于从刚才的激情中回归平常的自己。

"不要吃旅馆里的饭,没有比这事更蠢的了。这是推销员必须时刻牢记的。"

丹尾将手提箱提在手里,先迈开步子。从背影看他那矮胖的身材,和这条散发着世俗气息的街道十分匹配。只有手提箱犹如特立独行的生物在上下跳动。

（SN先生的手提箱？[①]）

五郎的脸上浮出一丝玄妙的笑容。所有一切都错了。无论是我，还是那个手提箱，都不应该来这里。他脸上的笑容很快消失了。

之前一路上在出租车里眺望的几个小村落，都隐没在绿色树丛中。小河在村落边上潺潺流动。眼下枕崎的大街上，却几乎不见树丛。只有裸露在街头的木结构住宅。道路两侧至多有一些柳树，树干也只有手腕那么粗，大概是被海风吹拂的缘故，树叶都干枯了。回头眺望市街的另一侧，能够见到开闻山的容貌。满大街充斥着鱼腥味。有的人家院子里铺着草席，上面晒着茶褐色的鲣鱼干。小猫卷曲着身体躺在一边。酒吧、柏青哥[②]、料理店、烩菜面馆。空气湿乎乎的。

"就这家吧。"

走进饭馆，两人要了烩菜面和兑烧酒。兑烧酒先上来了。

"兑烧酒。"

丹尾为五郎斟酒。酒杯，其实和稍小一点的茶杯差不多，厚厚的黑褐色的陶瓷。

"不是兑的水。"

"是用什么兑的？"

---

① 此处手提箱的典故出自1931年德国电影《O.F.先生的冒险》。——译注

② 日本的一种弹子机房。——译注

"清酒。应该叫合成酒吧。用水兑的话，反而很冲鼻。"

丹尾用手掌接过下酒菜的咸贝，和烧酒一起送进嘴里。五郎边倒酒，边看着丹尾发红的手掌。

"看上去，你的肝脏很不好。"

"是吗?"

丹尾平静地答道。

"可能吧。从那以后我每天喝酒，酒精中毒。"

"喝酒能减轻悲伤吗?"

"不，还是不能。破罐子破摔，有时觉得不如索性死了——"

烩菜面来了。丹尾掰开一次性筷子，先吃了起来。

"刚才飞机上不是开始流油了吗？好吓人。那架飞机太危险了。"

"你知道那很危险?"

"当然知道。说不定会坠机。坠机倒也不错，我有思想准备。不过，坐上来后还是不行。很害怕。所以我给了你一张名片。"

"对，一张名片。为什么?"

"一旦掉到海里，尸体被冲走就找不见了。假如你的尸体被找到，身上有我的名片，别人就清楚了我也在这架飞机上。"

五郎从口袋里取出丹尾的名片，正反面都看了看。

"搞清楚了又怎么样?"

"后来想想，也没什么用。被吓得不知所措了。你真的不害怕吗?"

　　五郎沉默了一会儿,没有回答。他夹起墨鱼脚送进嘴里。墨鱼很新鲜,劲道十足。

　　"不害怕。不,是我感受不到害怕。首先,我没有想过飞机会掉下去。人有点迷糊。"

　　"原来是这样。"

　　丹尾咕嘟喝了一大口酒。

　　"你为什么从东京跑到枕崎这么偏远的地方来?"

　　"这和你没关系。"

　　五郎表情严肃地拒绝回答丹尾的问题,将筷子伸向烩菜面。这道菜用了很多猪油,从嘴里吱溜溜地滑进肚子,对于饥肠辘辘的人来说格外美味。二十年前物资匮乏,没有这样的店,鲣鱼也不是干制的。这里只是个贫穷的渔村。不过,那时候五郎正当风华正茂的年龄。丹尾边动着筷子边问:

　　"今天你打算住在这里吧?"

　　"差不多。"

　　"不如和我一起住?"

　　丹尾眼睛上翻,看着五郎。

　　"有一家叫立神馆的旅馆,看着不错。我们走吧。"

　　丹尾起身,他的烩菜面还剩下一半。

　　"去旅馆前我先去电影院转转。你呢?"

　　"我嘛……"

　　五郎答道。

"我去看海吧。对了，还是先去一下理发店——"

五郎说着，注视着丹尾的脸。

"你鼻子下面的胡子还是刮了更好，不适合你。"

"从那天起我就没再刮过。"

丹尾用左手的食指捋了一下小胡子，低声说道。

"我不是要留胡子，就那个地方没有刮。也不是为了留作纪念。"

白花

五郎一开始就完全没打算去理发店。丹尾的背影走远后，五郎转身进了一家酒店，他买了两合①装的瓶酒和纸杯以防万一。中途倘若发作的话就不好办了。随后他向大巴车站走去。他问正在休息的女乘务员。

"去坊津的话，只要沿着这条道一直走就行了吧？"

"是的，就这一条道。"

乘务员抬头望了一眼墙上的挂钟。

"还有二十五分钟发车。"

五郎也抬头看挂钟，点了点头。他跨了五六步走出车站，漫不经心地走上大巴的行车道。他逐渐加快脚步。

---

① "合"为计量单位，一合为十分之一升。——译注

（有谁在追我。）

他的后背出现了这种感觉。那个"谁"没有实体。住院前，只要出门就会产生这种感觉，他边走边不断回头看。和那时相比，这种感觉淡了很多，但还是觉得有谁在跟踪自己。

走到住宅区的尽头，行人逐渐变得稀少起来。大多数人都会坐大巴吧？沿马路零零散散地出现了一些农户。孩子们在有小屋子的地方玩耍。五郎不时地和光着脚的农妇擦肩而过。他停下脚步回头看，农妇也正停在那里一动不动地注视着自己。道路渐渐变成了斜坡。

（她不是在跟踪自己？）

五郎告诉自己。她一定觉得很奇怪，一个留着邋遢胡子、身穿西服的男人，不坐大巴，提着酒瓶在走路。

一会儿，一辆小型大巴扬着尘土从五郎的身后超了过去。他贴在开凿过的石崖上，用手捂住脸。刚才的那个女乘务员大概在大巴上，五郎不想让她发现自己。尘土散去后，五郎又迈开步子。他不是想节约车钱。这条道，对于他来说，必须走一走。他的呼吸愈发急促起来。

忽然，视野一下子变开阔了。左下方能看到大海。湛蓝的大海一望无际。右侧是陡峭的斜坡，长满了杂草木。草木中间的白色道路，蜿蜿曲折地向前方延伸。美好的冲击和感动，霎时传遍五郎全身。

"啊！"

他不禁停下脚步。

"是这儿。就是这儿！"

几年前，五郎在信州旅行。他骑在租来的马上穿越高原时，从一条狭窄的山间小道忽然登上视野十分壮观的开阔地。右侧是草木横生的山脉，左侧是深陷的谷底，前方是一望无际的盆地，远处可以看到一片面积不大的湖泊。

（不记得什么时候，曾经经过这样的地方。）

他想起当时的情景，脑子里的感觉有些陶醉似的恍惚。记不得是什么地方。或许是小时候。小时候从这样的风景中穿越，不知因为什么样的理由而被打动过。五郎的家乡，好几个地方有着类似的地貌。过去的体验复苏了，脑子冷静下来后他这样想——

"不错，就是这儿。"

五郎坐在面向大海的路崖上，把烧酒倒进纸杯里。和信州相比，这里的山峰和谷底的位置正好相反。那是必然的。二十年前的夏天，五郎从坊津出发徒步去枕崎。而此刻从枕崎去坊津，所以风景是相反的。五郎喝了一口纸杯里的烧酒。

"啊啊，那个时候太高兴了。从所有的束缚中解放出来。越过这个山口时，人好像都晕眩了。"

当时也有大巴，由于燃料不足，一天只往返一到两次。坊津的海军基地应该是在八月二十日前后解散的。五郎只有二十五岁，体力和精力都十分充沛。他身背沉重的背包，抵达这片山口时，大海变得一望无际，正午的阳光在海面上泛着万道金光,远处的竹岛①、硫磺岛、黑岛时隐时现。身体中汹涌而至的无止境的解脱感,第一次让他有了实感。

(我为什么忘记了这里的风景?)

令他感动和恍惚的这一原景,曾在他的意识中消失了。不,不是消失,大概是在不知不觉中沉入了意识的底层。不是今早喝咖啡时突然想去坊津,很久以前,意识底层里的东西就在怂恿五郎。此刻,五郎终于醒悟过来。他大口将纸杯里的酒一饮而尽,起身。

他走了一段路。

风景终于消失了,他走进了树林。道路逐渐变成下坡道。五郎有点累。一杯酒下肚,让他的身体移动起来变得不那么利落。高昂的情绪渐渐消沉。他低声哼起了过去的军歌。并非出自想要唱歌的意愿,而是自然而然地哼了起来。

　　　感天之忠诚

　　　动地之正义

　　　一筹莫展的密电码

　　　怎不泣鬼神

重新填词的是名叫阿福的兵长。阿福出生在奄美大岛,

---

① 韩国称为"独岛"。——译注

昭和十八年①一家人移居冲绳岛。才华横溢的阿福重填了许多歌词。这首歌也是。

（天之罪恶滔滔。仁之尸骨累累……）

"天"和"仁"都是密码本的名称，"天"是普通密码，"仁"是和人事有关的密码。不过，五郎口中冒出的只有"一筹莫展的密电码"一句是改编的，其余都是原来的歌词。五郎是密码下士官，阿福是他的部下。填完这段歌词几天后，阿福死了。

走不久，出现了星星点点的房屋，屋顶和屋顶之间夹杂着大海的色彩。眼前不再是刚才一望无际的宽阔海面，而是海湾。从环保海湾左侧的山上，传来了乌鸦的叫声。而且不是一只，数十数百只乌鸦在空中盘旋，鸣啼不止。

——阴间。

五郎走进小镇，忽然想到这个词。小镇濒临海湾，呈线条状，家家户户的屋顶都十分低矮。由于过去是岛津藩的秘密贸易港，所以禁止可以望远的建筑物，这一风俗遗留至今。也因为没有遭受战祸，街上的景观看上去非常陈旧。五郎有些疑惑。

（这里就是我服过兵役的地方吗？）

五郎在这个基地仅待过三周。他从吹上浜的某基地调至此地后，战争很快结束了。对于眼前的景观，似乎有些印象，又似乎没有。不过，五郎的确在这里逗留过。二十年前，他是

---

① 即公元1943年。——译注

165

一个精力和体力都十分充沛的青年,感受着热辣的生命力。如今,却成了蓬头垢面、患精神疾病的潦倒中年人,走在大街上。他眼睛滴溜溜地向四周张望,脑子里想着浦岛太郎的歌。

　　——大街上擦肩而过的人流,谁都不知谁的名字。

　　头顶物件的女人从身边走过。女学生、小学生从身边走过。扛着长钓鱼竿的男人从身边走过。他们大概都是黄昏时分在海边结束了垂钓的当地居民吧,他想。到处长着芭蕉、海枣。过了街区,又陆陆续续出现了坡道。顺着坡道往高处走,风景变得鲜明立体起来,可以看到湾内的几个小岛。小岛使得港口的入口变得非常狭窄,大船无法进出。正因为水路复杂,这里才是秘密贸易的绝佳港口。五郎停下脚步。随后,他沿着斜坡往下走。他歪着脖子寻思。

　　(这里应该有一片松林——)

　　当时,松林中存放着海军飞行部队用的一号酒精桶,大概有三十几个木桶,藏得十分隐蔽。空中看不到松林里面的情形。抵达这里两三天后,阿福兵长发现木桶上有一个小孔,他报告了五郎。五郎笑着说:

　　"是你凿的洞吧?"

　　"您开玩笑吧。"

　　阿福也笑着回答。

　　"本来就有。"

　　"那个,能喝吗?"

　　"嗯,原料是白薯。兑水喝应该没问题。"

"是吗，我们去喝吧。"

于是，五郎常常带着阿福兵长和名叫兴梠的好酒二等兵曹，从宿舍溜出去狂饮。他们在铝制的饭碗中倒入一半一号酒精，用火柴点着。按照兴梠二等兵曹的说法，这么做能去除酒精里的毒性。等酒精燃烧了一会儿后，兑上水。酒精变得既不美味，也无怪味，只是能让人喝醉而已。他们还想弄些下酒菜，便去拍厨房的马屁，搞到了一些罐头食品。酒精虽没味儿，但出乎意料地强劲，喝下后立刻上头。

当然，偷喝飞行用的酒精属于违规行为，若被发现少不了受罚。因此，狂饮只在夜晚举行。

（林子去哪儿了？）

眼前只见十几棵树，几乎没有过去松林的影子。有一棵悬着大白花的南国风味的大树，五郎不记得那叫什么花，但清楚地记得它的色彩和形状。日头已经西下，周围笼罩在黄昏的光线中。那些花，犹如阴间的白色花朵悬在空中。五郎走近那棵树，用手指触碰了一下那朵花。花朵摇摆着，发出声响。

"晚上好。"

五郎抬头，有个女子站在道旁。她穿得很轻便，手里拿着团扇，看上去是来乘凉的。

"晚上好。"

五郎也回了一句。女子手压住裙摆，从斜坡上往下走。

"你在干什么？"

女子用自来熟的语气问，身上散发着香水味。

"我注意你一段时间了，你不是本地人吧？"

五郎点了点头。

"我从很远的地方来。我在想这种花的名字。"

"洋金花。"

女子立刻答道。她唇上涂着口红。是站街女吗？五郎脑子里瞬间闪过这一念头。

"原来叫曼得罗花。"

"曼得罗花？"

五郎注视着花朵，表情好像在沉思。住院前读过的旅行记中，有一个名叫北杜夫的作家写的种子岛纪行，其中有一句话好像是"我看到了曼陀罗（这里人叫洋金花）的白色花朵"。

"不是叫曼陀罗吗？"

"不是，叫曼得罗。"

五郎又开始想，口中嘟哝道：

"曼陀罗。"

"曼得罗。"

发音很相似。他再次试着发了一下两个音。读起来嘴型也差不多，曼得罗应该是地方音吧，他寻思。

"你在嘀咕什么？"

"没，没什么。"

"你说从很远的地方来，来干什么？"

如果在其他场合，五郎一定毫不客气地回答"和你没关系",不过,此刻已是黄昏,况且女子的语气和态度都很大方,五郎决定好好回答。

"嗯,看风景吧。"

五郎手指着海湾方向。

"那个岩石岛叫什么名字?我想不起来了。"

"双剑石。"

两块岩石峰顶尖厉地耸立着,大的岩石的顶部长着一棵松树,形状和二十年前一模一样。五郎想要忘记,却忘不掉。

"你是本地人吗?打仗那会儿在哪儿?"

"就在这儿。"

"你还记得战争结束时在这个海湾里淹死的水兵吗?记不得了吧?"

"记得。记得呢。"

女子的目光看着远处。

"记得那个时候我上小学五年级。还在上国民学校呢。我没看到尸体,看到有人扛着棺木。守夜应该也是在我们学校。"

"不错。扛棺木的人中就有我。"

"哦,就是当时的海军士兵?"

五郎点了下头。女子从头到脚打量五郎。

"那口棺木中放满了曼得罗花。那种花一摘下来就会蔫巴,但味道很重。棺木一直散发着香味。"

"这就是那种花。"

"不知为啥把尸体搬到国民学校。"

"那里从前是寺院啊。名字叫一乘寺。明治初期废掉了。后来从海里打捞到两尊仁王石像,放在校园里了。"

"这倒没听说过。不过,我在这里也就三个礼拜,也只有那次有机会进了学校。已经过去二十多年了,现在完全是个游客。"

"是啊。不过,你一点都不像那时候的海军。"

女子用有些同情,也有些难过的眼神望着五郎。

"那时候我也只是个小学生。一晃三十年都过去了。"

"你家住在坊村吗?"

"我不住在坊村,住在泊村。翻过那座山,在那头的村子里。"

女子指了指那个方向。

"你读过谷崎润一郎的《台所太平记》吗?"

"没有。"

"那里面写的女佣都是从泊村出来的。"

"是吗? 泊村是女佣的产地?"

"我也出去当过女佣。学校一毕业马上就去了东京。"

女子将两只手放在脸颊上。

"我在人家家里帮佣,和那户人家的男人好上了。后来和那男人的生活发生了问题——"

"你就回来了?"

"嗯。"

女子想笑，但没笑出声。

"一个月前。回到娘家后，日子不好过。每天傍晚我都来这里散散步，打发时间。我给你带路吧？"

"去泊村？"

"不，去学校。你不是要看看那些地方吗？回忆一下二十年前的事。"

"回忆？"

五郎这两个字像是从嘴里挤出来的。

"没有什么回忆。我很讨厌多愁善感。不过，你那么热情，我就恭敬不如从命了。"

"你架子还挺足的。"

这次她笑得很爽朗。

"那就走吧。"

五郎跟在女子身后走上坡道。晚霞褪去了色彩，昏暗开始降临在四周。走了一段路后出现了石阶。顺着石阶一步步往上爬时，五郎的膝盖和脚后跟感到丝丝隐痛。爬完石阶便到了学校。校园里有两座石像，相隔十米左右的距离。中间长着一棵大树。五郎完全不记得石像和大树。

"不记得了。"

"这叫，灯台树。"

女子解释道。

"我上小学时也这么大，也是这样子站着。是棵很老的树,有几百年了。"

"估计差不多。不过和我没什么关系。"

五郎在树下坐下。女子也把团扇放在屁股底下,坐下。刚才的那棵曼陀罗就在下面,海湾在那里向外延伸。五郎往纸杯里倒满酒,递给女子。

"喝酒吗?"

"嗯,喝。"

女子爽快地接过酒杯。五郎用手指着。

"那儿的树林里,长过很多很多松树。还放过好多个酒精木桶。"

"嗯。十几年前树被砍了,改成了露营基地。"

女子喝了一口酒。

"来露营基地玩过一次的人,第二年绝对不来了。"

"为什么?风景也好,水也干净,可以游泳。"

"夜里有豹脚蚊,咬人很疼。"

"啊啊。是豹脚蚊。我们也被咬惨了。"

"你们?"

"嗯。一到天黑我们就去树林里,用水兑酒精,当酒喝。我们哥儿仨,阿福最能喝。"

"阿福?是人的名字?"

"对。他是从奄美老家来的兵长。很能干。他用芭蕉叶为我们做芭蕉扇。他咕嘟咕嘟大口喝酒。那时候大家都很年轻。"

　　五郎直接嘴对酒瓶，把剩余的酒一饮而尽，将瓶子扔到崖下。

　　"死的那个水兵，就是阿福。"

　　"是吗？"

　　女子也一口喝干杯子里的酒。

　　"他怎么就溺水死了？"

　　"嗯——。因为喝酒了——"

　　五郎用手指了指。

　　"我们游泳，游到双剑石边上。"

　　"游到双剑石边上？"

　　黑黝黝的双剑石在昏暗的光线中耸立着，形状和墓碑十分相似。乌鸦的叫声已经消失，只能隐隐地听见浪涛声。

　　提议游泳的是阿福。五郎不记得是怎么提起的。只要说到游泳的话题，阿福就十分骄傲。

　　"我泳技超好哦。现在人在冲绳，我可是出生在奄美大岛上的。小时候就经常潜水了。"

　　"你家是渔民？"

　　"不是渔民。现在游五公里、十公里也不在话下。"

　　"五公里，我也能游啊。"

　　五郎答道。五郎也是在海边城市长大的，对游泳很有自信。

　　"那，咱俩比比，游到双剑石。"

五郎嘴里含着酒，向双剑石方向望去。三人饮酒的地方就在距离松林稍远一点的大岩石边上，脚下便是宽阔无比的漆黑的大海。波浪好像时而想起似的冲过来洗刷沙粒。海面上闪着微光的大概是夜光虫，它们忽而排成一线，忽而围成一团。

"游一下也不错啊。"

五郎回答。

"游到双剑石也就六七百米，不到一公里。"

"别游。"

兴梠二等兵曹在一旁说道。

"比也比不出个名堂，把人累死而已。"

"我想游啊。兴梠二等兵曹。"

阿福口齿不清地说着，已经脱下了上衣，他醉得不轻。五郎也站起身来。

"我也游。"

五郎完全没有和阿福一争高低的念头，只是想跳进夜幕中的大海，让大海拥抱自己。兴梠似乎咬牙切齿道：

"去吧去吧。小心，千万别沉尸海底。"

"没事的。"

阿福对五郎露出白牙笑道。之后，他踉踉跄跄地下到沙滩，走进海水中。五郎随后也把脚伸向大海。

走过一段浅滩后，海水忽然变深。五郎先蛙泳前行，后又换成仰泳，不一会儿手脚都停止了滑动。他只让脸部露出水面,全身放松下来。海水不冷,温柔地包裹住他的身体。他边享受着"娘胎"这个词的感觉,边如海蜇般悠悠自在地浮在水面上,这种姿态保持了将近十分钟。天上没有云,星星闪烁着光亮。阿福在哪儿? 他已经不知道了。

(死在这里也不错啊。)

倦怠和疲惫感逐渐变得强烈起来,五郎突然觉得危险,他换回原来的泳姿。从岬角和岩石的形状判断,自己在十多分钟时间里顺着海潮漂流了不小距离。他奋力拍打水面,向来时的岸边游去,激起了阵阵水花。五郎两只脚终于踩到了沙粒。他划动双手拨开水面,走上沙滩。岩石那边传来兴梧的喊声。

"游回来了吗?"

"回来了。只游到一半——"

五郎单腿跳了几下,排出耳朵里的水。

"我回来了。"

"阿福呢?"

"看丢了。他先游的啊。"

身体感觉有些冷,酒也醒了。五郎穿上衣服,搓了搓手掌,把碗里的酒精喝了下去。过了三十分钟,阿福还是没有回来。

"我们回吧。"

兴梧说。阿福可能游到了双剑石,之后没有返回这里,径直在附近上了岸,从陆地走回宿舍了。兴梧这么想象着。五郎没有出声,他有一种不好的预感。

两人将罐头扔进海里,返回宿舍,依然不见阿福的身影。被海水弄潮的身体有些黏糊,五郎又出门用淡水清洗全身。他注视着大海,想起了刚才危险的感受。

第二天一大早,在潮水退去后的岸边发现了阿福的尸体。他马上被送到了医务室。没有喝过水的样子,军医诊断是突发心脏病。阿福死于战场之事,通过密码"仁"报告了总队。密码是五郎编的。

"仁之尸骨累累——"

阿福填的歌词,应到了阿福自己身上。

"不是淹死,是心脏病突发。"

五郎对女子说。

"喝酒后游泳是最危险的。"

"既然知道,为什么还要游?"

"知道那样做不好。不过,不是还有更不好的事吗。因为太年轻。年轻,所以觉得什么事都能挺过去。也想试试,生命究竟能顽强到什么程度。一句话,就是疯了。"

阿福兵长是自那年的三月前后起和五郎一起共事的。冲绳那里来了"仁"字电报。翻译后,电文是这样的:

"本日战死者名单如下"。

下面出现了兵籍番号和名字。阿福翻译的人名中,有他弟弟的名字。很久以后阿福才说出这件事。

"他很伤心,都不想翻开密码本了。"

"好可怜。"

五郎点头道。是阿福死去的弟弟很可怜,还是翻译电文的阿福很可怜,他并不清楚。阿福好像通过各种电文得知了自己家乡那边遭到轰炸,防守部队全军覆没。那些文字打在烤墨纸上,通过他的翻译,家乡的情况也出现在眼前,他的内心想必十分痛苦。那段时间,五郎也经常见到"突"字连续的电文。

"突突突"。

这是特攻队发出的电文,意为"我方突击"。一连串"突"字电文停止的那一刻,也是一条条生命消失的那一刻。为阿福通宵守夜时,五郎一直在想。

(那家伙,不是自杀吧?)

也许他并不是主动希求自杀,但正如五郎所感受到的那样,死在这里也不错,是这种心情在起作用?他想。而且,那个时候阿福酩酊大醉,心情变得放浪,无论游到双剑石,还是中途放弃,他都觉得无所谓。决定游泳是自己的意志,之后全都交给了命运。他的心情应该是这样的。

女子嗲声嗲气地问:

"你觉得是你的责任吗?"

"责任?不。是阿福自己提出来的,死了也是他自己的责任。不过,我没有制止,和他一起下了海。"

五郎仰视天空,不经意地将左手搭在女子肩上。女子身体抖动了一下,没有拒绝的意思。

"我们就像乘上同一趟火车的人。先上车的人一个个下车了，又不断的有新的人上车。也有人中途下车。阿福不是中途下车，而是打开窗户跳了下去。作为同路人，我确实感到有责任。不不。同路人究竟有没有责任？大家有种一体感吗——"

克制着的邪念，逐渐在五郎体内变得强烈起来。女子圆润的肩头和温暖的体感刺激着五郎。

"后来，我逐渐不相信同路人之间的一体感。不管是沉迷于喝酒，还是赌博，都不能摆脱这种心理。最后终于住进了医院，接受治疗。我身体上都是药的气味吧？今天早上还在医院里。"

"今天早上出院的？"

"嗯。"

五郎用力抱紧女子。女子轻轻抵抗了一下。

"你这么做好吗？"

嘴唇分开后，女子的声音听上去有些生气。

"好啊。我们是同路人啊。二十年前你一定见过我，我也一定见过你。我不记得你是什么样子。大概穿着劳动服，梳着辫子，很可爱吧。"

"是的啊。是不是可爱，我怎么知道。"

女子将手掌放在自己脸颊上。

"我有点醉了。"

"我很早以前就一直想来这里看看。二十年前的确有过的而现在不见了的东西,我想来确认一下。不去住院,直接来这里的话就好了。也许应该先做这件事。"

五郎自己很清楚,这是很不着调的强词夺理。在枕崎喝的烧酒和在山顶上用纸杯喝的酒,都在支撑着五郎厚颜大胆的言行。况且对手是离婚回家的女子,此刻必定已是心猿意马,五郎的内心深处也有着这方面的算计。

"现在,我真想靠在什么人的肩膀上。"

五郎对着女子低声耳语。他说的并非全部是谎话,四分之一是真话。他的胳膊又用了一下力。

"我想确认我和别人的关系。和死了的阿福、双剑石,还有很多很多人和事——"

"啊。"

女子挺了挺胸,低声哼了一下。声音中稍带着绝望。

"不行吗?"

他想将对方也一起拖入泥沼。此刻,五郎的内心除了这种欲望没有别的。

时间泛着水泡,晃晃悠悠地流逝了。一切终于回归宁静。五郎起身,身体靠在灯台树粗糙的树干上,眺望昏暗的大海。

"今晚能让我住你家吗?"

他声音沙哑地问道。

"我是顺道走到这儿的,没地方住。"

"我家不行!"

女子整理着身上的衣服,答道。

"光我一个人都没少看脸色。"

"说的也是。"

她的回答在五郎意料之中，他只是随口一问。

"那我回枕崎的旅馆。还有大巴吗？"

"坊村也有旅馆啊。可能称不上旅馆。那家的老板我从小就认识。要不带你过去？"

女子站起来。地上和天空都已笼罩在暮色中了，坊村一侧的海角的灯台上不时有光束射出划过天空。石阶也十分昏暗。两人牵着手，小心翼翼地往下走。女子松开手，下到了街道上，摘了四五枝曼陀罗花。

"放在你睡觉的房间里吧。"

她把花递给五郎。

"房间里会充满花香。"

她的语气听上去有些冷酷。难道她是要我回忆起为阿福通宵守灵的事？不过，五郎礼貌地回道：

"谢谢！一定会梦到你。"

两人径直向镇上走去。很多商店已经关门了。所有房屋都很矮，整个小镇犹如匍匐在夜幕的底层。不断有收音机和说话声从人家里传出来。

"这里的人睡觉好早啊。"

"经济不景气呀。"

女子说。她没有解释为什么经济不景气。

女子带五郎来的地方说不上是旅馆。和周围的其他人家不同，只有这一家是两层楼。它比一般的两层楼低，结构很奇特，外表看上去是平房。铺着木地板的玄关处放着一架老旧的风琴。听到有客人来，看上去像这家主人的老头走了出来。

"让他住一晚。"

女子说。

"他二十年前在这里当过海军。"

主人用犀利的眼神看了五郎一眼。五郎脱鞋时女子便离开了。主人问：

"你是不是叫久住五郎？"

主人的话犹如电棍，戳中了五郎的身体。五郎脸色骤变，猛地站起来。

"你，你怎么知道？"

五郎结巴道。

"二十年前——"

"不是，不是。"

主人的视线变得温和起来，双手做了个按压空气的动作。

"刚才枕崎那边的立神馆打来电话，说了你的相貌特征——"

"是叫丹尾的男人吧？"

"是。让你安定下来后给他去个电话——"

"谁叫他打电话。"

五郎回答。心跳终于缓和了下来。

"可以洗澡吗？啊，这花放到我房间里——"

曼陀罗花已经开始发蔫。丹尾究竟为什么要追随自己？有追随自己的理由吗？五郎已经不愿想这个问题了。担心得太多，只会让自己心情郁闷。

按照五郎的要求，浴缸里放入温水。这是因为五郎担心，自己变成阿福那样就糟糕了。假如在异地他乡闹个脑贫血，那可就丢人了。不过，这里用的是铁锅澡盆，所以水是一点点热起来的。有一根接在自来水上的水管放着冷水，让热水冷却下来。

五郎向主人借了剃刀，刮了胡子。他又仔细洗了身体。顺便洗了内衣裤。他再次把身体浸在水里。有人在耳边嘟哝：

"不知羞耻！"

五郎环顾四周，不见人影。只有墙壁。墙壁不可能说话。

（幻听又出现了。）

五郎想。很熟悉的声音，但不知是谁的。声调既无抑扬起伏也无情感。

"想起来了。"

过了片刻，五郎自语道。

"我是和她说了话的。闷头干的才是色情狂。我也就讲了些歪理，就成了不知羞耻啦？"

五郎觉得今天一天的疲惫感一下子涌入身体，他把后背贴在铁壁上，热气顿时传遍全身。他想起今早跑出医院的事。

那不是自己任性，而是实在无法忍受后的逃离。

（正如正常人惧怕产生异常心理那样，异常人不也害怕回到正常人的状态吗？）

五郎的脑子里出现了这样的念头。正常和异常也就相隔一张纸吧？但是，一旦越过这张纸，人的性格和情感都会发生突变。对我来说，这不是最可怕的吗？因此离开东京，一气跑到萨摩半岛，现在静静地泡在一口大铁锅里。

靠在铁壁上的后背很快热得无法忍受了。五郎将后背从铁壁上移开，起身走到冲洗的龙头下。好像还是出现贫血了，眼前发黑。五郎蹲下，静待了片刻。不一会儿，他穿上睡衣，走回房间。房间在二楼。刚走到楼梯口，主人忽然出现了，叫住五郎。

"吃晚饭吗？"

"嗯。"

五郎想了一下后答道。

"简单来点小菜，再来点酒。"

五郎进了房间。房间有点奇怪，屋顶很低，是船底形的。他将内衣裤晾在靠海一侧的栏杆上，人坐在房间中央。总觉得哪里不对劲。这种设计不像旅馆。首先，房间过大，空荡荡的。除了主人家的一对老年夫妻外，没有其他客人。房间中央放着一张矮脚饭桌，曼陀罗花插在花瓶里。整个房间感觉像一口棺木，这使得待在里面的五郎心情有点压抑。五郎的左边，即和大海相反的一侧，有一扇透光的纸拉门。五郎双膝跪地靠近纸拉门,拉开后吃了一惊。

后面没有房间。

那里不是房间,有一个很大的空间,俯身能看到一楼房间的榻榻米。那是刚才洗澡后经过的房间。看上去既不是起居室也不是储藏室,是一个非独立的过渡式的房间,房间的一角堆着被褥。厨房方向好像有人端着餐盘走出来,五郎赶紧关上纸拉门,坐回到矮脚饭桌前。楼梯一侧传来脚步声,一个老妇人现身了。

"欢迎光临。"

放下餐盘,老妇人十分礼貌地鞠了一躬。

"您一定累了吧。我丈夫马上过来。"

老妇人刚从楼梯下楼,男主人便上来了,手里提着一只貌似水壶的器具。卡拉卡拉①,五郎想起来了。外形独特的酒器。二十年前,阿福从不知哪里弄来一只,用来放酒精,和这个形状一样。

"怎么样? 来点酒吧。"

主人将卡拉卡拉里的酒分别倒入两只萨摩陶制的酒盅里。不用问,从甜腻的气味就能知道是白薯烧酒。下酒菜倒是很丰盛,有三种刺身。五郎不断伸出筷子,夹起它们送进口中。

"已经蔫儿了。"

---

① 音译,冲绳一带广泛使用的陶制酒器,外形和茶壶相似。——译注

主人指着曼陀罗花。

"这种花不能做插花。"

"总觉得它阴气太重了。"

五郎附和道，嘴里咬着障泥乌贼。

"二十年前就觉得，这种花适合葬礼。"

话题回到了二十年前。按主人的说法，这个房子被军队接收，自己疏散到了泊村，所以对战争期间的坊村的情况不太了解。

"房子结构很奇特。"

主人站着解释道。他打开外观是墙壁的地方，出现了一个暗室。随后打开纸拉门。

"假如敌人从楼梯那边上来的话，可以从这里跳下去逃走。"

"为什么逃走?"

五郎开玩笑地问。

"我没必要逃走啊。"

"不不。这是秘密贸易时代留下的传统。"

主人笑着坐回到原先的座位。

"这一带是岛津藩秘密贸易的最大港口，从这里出发去冲绳和西南群岛。这种洋金花和种子都是船运进来的。你是在哪儿摘的?"

"不是我摘的。是刚才那个女的——"

"啊啊。"

主人点着头，将酒盅里的酒一饮而尽。

"你们是在哪儿认识的?"

"露营基地附近。"

"她太要强了。不幸的女人。"

"泊村那个地方，好像出女佣吧?"

"那是过去的事了。最近几年，那里鲣鱼减产，人口一直在减少，所以建了纺织厂，姑娘们都去厂里工作。我这里住过好几个来招工的人，听他们说，现在姑娘都不愿去干帮佣，愿意进工厂。不光泊村那里，坊村这边的年轻人也一样——"

主人又起身，打开大海一侧的窗户。五郎也站到他身边。

"坊村这里的房子，全部是船底形屋顶。大家都靠捕鲣鱼维生。渔业不行了，就变得越来越萧条了。"

经济逐渐萧条，隔着山峰的两个村落，人口在减少，最终会消失，五郎寻思。不过，主人的语气十分平静，听不出些许儿伤感。

"只有乌鸦不断繁衍。"

"有多少只乌鸦?"

"大概有两千多只，就聚集在那里。"

主人手指右侧的山脉。

"现在大概也在减少，因为鱼量减少了。"

主人关上窗户，回到饭桌前坐下。他拿起酒盅，凝视着五郎。

"是有什么人在追你吗? 眼睛里布满血丝。"

"您说的是刚才的电话？没什么事，是来的中途认识的一个人。"

五郎笑道。

"我是累的。"

"是吗，看上去相当疲惫。"

主人一口喝完酒盅里的酒。

"明天很早吗?"

"不，睡到自然醒。"

五郎说着，吃了一口刺身边上的萝卜丝。萝卜丝甜味和咸味适度地掺杂在一起，水分恰到好处，十分可口。主人笑了。

"看来你很喜欢吃萝卜。你去过枕崎——"

"嗯，二十多年前。"

五郎放下筷子，拿起酒盅。

"部队在这里解散后，我背着复员的背包，步行到枕崎。翻过山头，走完一条坡道后忽然见到了大海。大海金光闪闪。"

五郎将酒一饮而尽，沉默着。过了片刻，主人催促道：

"后来呢?"

"啊。"

五郎从恍惚中清醒过来，苦笑了一下，放下酒盅。

"后来去了枕崎，回到老家。火车的时间都乱了，花了整整两天两夜才到家。"

"太辛苦了。明天不用辛苦,有大巴。"

"明天想去吹上浜。徒步去。"

"徒步不可能。"

主人说得很坚决。

"明天有去那里的卡车的话,不如搭个便车。我去取被褥。"

主人拍了一下手,呼唤老妻。

"你早点休息吧。看你的样子很疲惫。"

老妇人来收拾饭桌,铺上寝具。房间里只剩下淡淡的灯光。曼陀罗花依然散发着香气。五郎将被子拉到下颌,想起了那个女子温暖的身体、红红的嘴唇和急促的喘息。为了忘掉这些,他开始心里念叨。

(起夜时,千万别开那扇纸拉门。)

(绝对不要打开那扇纸拉门。走楼梯。)

五郎的身体开始在空中悬浮,漂移。慢悠悠,慢悠悠,漂到岸边。——五郎的身体变成了阿福的身体。完全变成了阿福,轻轻地漂移。这种感觉也就发生在一瞬间,下一个瞬间,五郎睡着了。

沙滩

萨摩的方言很难懂,语速一快就彻底听不明白了,像听外

语,五郎想。他坐在小卡车的货架上,望着四周的风景。空货
架上除了五郎,还坐着一个年轻人。年轻人和司机在闲聊,五
郎根本听不懂他们说些什么。据说,这是为了防止外国人或
密探潜入岛津藩采取的语言政策,五郎觉得这应该是瞎说的。
语言又没法阻止外人。虽说这么想,五郎渐渐觉得自己变成
了密探。

今早,自己是秘密偷渡者。

十点,吃了早饭。在那之前自己早醒了。耳朵里传来吵
闹的声音。五郎用被子捂住脑袋。

(吵死了。这里是医院啊!)

他很快发现被褥的重量和手感不对。五郎掀开被褥跳了
起来。打开窗户,不计其数的乌鸦忽高忽低地盘旋着,叫声在
空中响成一片。他稍稍转动了一下身体,注视了片刻乌鸦的
动作。

(简直是个乌鸦小镇。)

五郎收回干了的内衣裤,关上窗户,重新钻进被窝。但已
经睡不着了。他又将窗户拉开一条缝,望着窗外。他的记忆
里没有这么吵闹的乌鸦叫声。两千只乌鸦,不可能是战后一
下子繁衍起来的。战时也肯定有乌鸦的叫声。为什么它在记
忆中脱落了?难道是因为掺杂在混乱的战时生活中被掩
盖了?

五郎从低矮的二楼天窗探出头去,看了一会儿外面的景
色。这个旅馆地处坊村的主干道上地势较高的地带,可以望

见成片的屋顶。屋顶上的砖瓦和关东地区不同,纹理细腻,泛着潮气,显示出奇特的美感。可以看见马路,但见不到人影。有的人家依旧门窗紧闭。五郎的眼睛犹如鹰眼闪着光亮,凝神留意着人和鸟的动静。

（我是偷渡者。）

这种感觉越来越强烈。这个房间不也是吗?十分奇怪的结构——不打开门的房间、隐蔽的储藏室、能往下跳的纸拉门。为什么是这种结构?除了是为偷渡者设计的,想象不出还能用于其他目的。五郎时而眯眼,时而睁眼,时而歪着脑袋,观察了一个多小时窗外。不久,乌鸦的数量开始减少,嘈杂声也减轻了,五郎起身,蹬蹬蹬地跑下楼梯。他在浴室洗完脸,楼下已经为他准备好了早餐。

在面向院子的房间里用早餐。院子里,绽放着仙人掌、鸡头、天竺葵以及其他各种鲜花。五郎边喝茶边拜托主人为自己准备便当。主人应声道:

"听说你是在这里淹死的军人的朋友?"

"嗯。"

五郎点点头,寻思是那个女人说的吧。主人只问了这么一句话,没再追问别的。一会儿卡车来了。五郎接过便当,抱着主人的礼物——一只装着白薯烧酒的汽水瓶,爬上了卡车的货架。费用便宜得出乎五郎意料。司机挥着手,发动卡车。

五郎把货架里的帆布折叠起来坐在上面。由于道路高低不平,卡车晃个不停,时不时地被颠得屁股蹦得老高。昨天应该睡得很熟，但五郎的眼眶周围依然显得很疲惫。坐在货架上的年轻人和司机语速很快地谈笑着，五郎听不懂他们说些什么。他问道：

"这辆车，经过泊村吗？"

"嗯，经过。"

年轻人用很正确的标准语回答。他们听得懂我的话，能很好地回答问题，五郎想。两个年轻人说话时，又回到了先前的语速。五郎感到了彼此间的隔阂。

（我还是少说为妙。）

卡车进入泊村时，五郎躬着腰，精神集中地观察街道和行人。不过，街道很短，很快就驶完了。五郎紧张的心情放松下来，直起身子。

后来的一段时间里，五郎支起小腿，双手交叉在胸前，任凭卡车摇晃着。天空十分晴朗，左手边大海时隐时现。右手边是一片白砂地，随处可见村子，偶尔能看到烟囱，还能看到联合烧酒制造工厂等字样。不一会，卡车驶上了桥梁。

"这是万濑川。"

五郎没有开口问，年轻人主动告诉他。

"从这里开始就是吹上浜了。"

"你是哪里人？"

"我老家在伊作。"

年轻人露出白牙笑着。

"听说美军要从吹上浜登陆，把大家吓坏了。不过，那是二十年前的事了。"

"你多大?"

"二十八岁。"

"那还在上国民小学吧?"

"是的,我那时才八岁。"

下了卡车,五郎直接向海边走去。走过防风林就是沙滩,海滩植物长得十分茂盛。五郎叫不上植物的名字,心想应该是文殊兰、北沙参之类的吧。它们围着沙滩成群地生长。他在沙滩上坐下,眺望大海。洋面上能见到小岛的影子。那是甑岛。空气很通透,甑岛看上去就像连在本州岛上的岬角。水平线模模糊糊的,看不清,那里应该是东海。

十分宁静。

不不,耳朵里在不停嗡嗡作响。

从乌鸦的叫声、卡车的震动声中一举解放出来后,五郎的听觉变得很奇怪。沙滩拐了个巨大的弯,凹陷进去。那是大海在漫长的岁月中侵蚀沙滩的结果。虽说眼前的大海风平浪静,可一旦石垣岛一带发生台风,便会在枕崎和佐多岬一带登陆肆虐,从鹿儿岛北上。每到那种时候,吹上浜的海浪便会袭击沙滩,拐跑沙粒。战争期间,五郎在去坊津之前,辗转去了吹上浜的几个基地,所以很清楚大海的可怕之处。

"什么密探、偷渡者——"

他嘴上嘀咕着站起身子。

"也太幼稚了吧。"

　　五郎走到海边,脱下鞋子。他把鞋子和便当分别挂在肩上,卷起裤管,手里提着汽水瓶,向海里走去。海水没过小腿,他吧嗒吧嗒踩着海水转了一个圈,又回到了海滩。站在海滩上,宁静的海水涌上来,把脚底和脚后跟的沙粒都冲走了。这种痒痒的感觉已经多少年没有过了。

　　五郎迈开步子往北走。

　　越往北走,右手一侧的风景、防风林以及沙丘的样子都起了变化,而左手边的大海出口几乎没有任何改变。沙粒又白又细,四处散落着贝壳,既有片状的,也有螺旋状的,它们在沙粒和海浪的打磨下泛着白光。五郎时不时驻足,捡起形状少见而漂亮的贝壳,装进口袋。

　　他大约走了两公里。

　　他走上沙丘,坐下。回头望去,海滩上留下了自己一长条足印。看着这条足印,他眼前开始发晕,有点瞌睡。是累了。

　　"还是喝一口吧。"

　　肚子还没饿到想吃便当的程度。他脱下上衣,背上稍许有些冒汗。带的瓶子有些累赘。是别人送的,也不能随便就扔了。五郎打开瓶盖,喝了一口。他能清晰感到甜得发腻的烧酒,经食道流向胃部。

　　五郎从口袋里取出一堆贝壳,并排在地上。又喝了一口烧酒。

　　风景忽然动了起来,开始有了立体感。模糊发光的景色,开始变得苍茫并轮廓清晰。背上有微弱的凉风吹过。

"嘴上说不愿意——"

脑子里的念头脱口而出。醉意有些上头了。手脚的指尖终于有了些痛感。

"大家不都在做那种事吗？"

他嘟哝道，想起提着手提箱的丹尾和昨晚的女人。接着，被喜马拉雅雪松包围起来的精神科病房又在脑海里浮现出来。五郎将贝壳放在手掌心里，仔细端详。反正，我不会再回那个病房了，他想。瞬间，五郎感到一阵晕眩。

五郎被追赶着。不确定是在什么时候，在什么地方。好像是年轻的时候。为什么被追赶，这也不清楚。是什么时候做这样的梦，或者说在什么样的情况下出现了这样的幻觉？

被追赶的五郎走在沙滩上。不知道追自己的究竟是什么，看不见姿态。只有被追赶这件事是确切的。这一实感弥漫在五郎的全身，令他越走越快。

他发现了一个渔村。渔网晒在海边，有一排屋顶低矮且简陋的渔家民房。海藻被海浪冲到了岸边，尤其是岩石后面堆积了大量海藻。大概是涨潮时被冲上来后，留在原地没有被海浪带回。海藻堆积在一起已经腐烂，散发着令人绝望的臭味儿。这种臭味儿，足以让人不堪忍受而晕厥。

（好臭。啊啊，好臭啊。）

五郎边想，边走近渔民的住房。他见到一处打水的地方，有个中年女人在那里专注地洗衣服。五郎安下心来，站在一旁,注视着女人洗衣服的模样。她的盆子里放着手衲的厚布。女人并没有理会五郎,不停地用手搓着。女人的脸以及手脚都被阳光晒得黝黑。她喃喃自语着:

"完蛋。绝对要完蛋。这样下去,肯定完蛋。"

她嘀咕的好像是这些。一遍又一遍地不断重复着这些话。沙滩上没有别人的身影。一条白狗躺在渔网旁边。

(奇怪。)

五郎想。什么奇怪? 他自己也不清楚。是觉得这里没有人奇怪,还是自己站在这里很奇怪,有点模糊不清。过了片刻,他发现自己注视着的不是手也不是洗的东西,而是女人的脚。她穿着不过膝的衣服,可以看到她整条肤色浅黑而光滑的小腿。大概过了五分钟,五郎实在忍不住了,开口招呼道:

"大婶。"

女人吃了一惊,停下自言自语,抬头看五郎。显然,之前她完全没有发现五郎一直站在那里。

"什么事?"

女人的语调很生硬。

"我烦着呢,你不要随便和我说话。"

"有人在追我。"

"谁? 警察? 干了坏事当然会被警察追咯。"

"不是,没干坏事。"

五郎拼命解释。

"我被坏人追赶。"

"坏人？这个世界上有吗？"

女人不耐烦地说着，用力张开双脚。五郎感到头晕，不由自主地将视线转向了大海。地平线上，黑云在徐徐移动。是这个缘故，所以船只不出海了，五郎想。

"不。"

女人发现自己说错了。

"这个世界上有不坏的人吗？"

"所以，请把我藏起来。"

"所以？所以什么？"

女人吃惊地直起身子，眼睛望着五郎，开始用手拧干那块厚布。厚布上的脏东西还没有洗干净。厚布看上去很难拧干，五郎想要帮忙，女人冷冷地甩开他的手。

"别管闲事。"

"我想躲起来。"

五郎苦苦恳求。这一瞬间，他没有撒谎。站在这个地方毫无遮挡，从哪个角度看自己都暴露无遗，这让五郎害怕得无以复加。女人用可怕的眼神看了一眼五郎。

"你那么想躲起来？"

五郎点头的一瞬间，眼泪扑簌簌地落下来。女人的声调变得稍许温和了一些。

"那好，就躲那儿吧。啊啊，胸闷胸闷。"

五郎用手止住眼泪，东倒西歪地走向旁边的小屋。小屋门口挂着编织的草帘子。他拨开草帘子进屋，有一间六张榻榻米大小的木地板屋,其余都是土屋。像是土屋,其实更接近沙石地,小石子和贝壳散落一地。五郎一下蹲入木板屋。眼泪也已经干了。

"不行不行。"

五郎嘀咕,环视四周。

"不能大意啊。"

五郎匍匐在地上前后左右地移动身体,查看房屋结构。立柱有点粗。由于是泥沙地,地基好像不牢固,推一下立柱便会不停摇晃。不知道立柱用的是什么木材,长年在海风的侵蚀下,材质的松软部分已经风化,只有木纹清晰地显露出来。木地板房间的最里面,铺了一块竹条板,那里有一张梳妆台。梳妆台的木质部分,纹理也十分清晰。看来海风还吹进了屋子。镜子上盖着一块布,布后面露出来的镜面,也被盐分锈蚀得发黑。

(不知道这面镜子会照出什么!)

五郎很害怕,没有撩起那块布的勇气。梳妆台上有抽屉。五郎拉开抽屉。

里面放着粘着头发的头油、几只贝壳,还有一只纺锤面包。他想吃这种面包,伸手抓了起来。面包太陈,硬邦邦的。五郎把面包送入口中,咬不动。他无奈地放回原地。贝壳是螺和宝贝的种类。他一只只地仔细察看,忽然,后门口传来脚步声。

(你在干什么!)

　　五郎吓了一跳，回过身子，刚才洗衣服的女人站在土屋里。她的眼角已经向上吊起一半。五郎词穷地沉默着。女人光脚踩到了竹条板上。

　　"想偷东西吧？你不说我也知道。"

　　女人站着，一把将五郎拉倒在地。女人的手臂很粗，肌肉鼓鼓的，像男人的手臂。五郎被按倒在地上，赔礼道：

　　"请饶了我。请饶了我。我不偷东西。"

　　"不饶恕你。不饶恕你。绝对不能饶恕你。"

　　女人不放手。她就像抓到了一只什么小东西那样拼命晃动五郎的身体。五郎觉得和做机械体操没什么两样。他只能听天由命。当他浑身松软下来时，隐隐听到了从深山里传来的一大群人唱歌的声音。不知唱的是什么。唱完一段之后，又响起了吆喝的声音。

　　"哈，哈，哈。"

　　"哈，哈，哈。"

　　五郎听清楚了吆喝声。歌声逐渐靠近。——

　　"完蛋了，绝对完蛋了。"

　　女人逼迫五郎完事后，起身，焦躁地说。

　　"这样下去，一定会完蛋。"

　　说着，她匆匆走出了后门口，没有回头看一眼五郎。又只剩下五郎一个人了，另一种恐惧涌了上来。

　　（不能待这里，太吓人了。）

　　五郎站起来，匆忙整理好衣裤，下到土屋。透过挂在门口的草帘子，还是见不到一个人影。风从海上吹来，乌云越来越近了。

（快跑！）

五郎向沙滩飞奔。他飞身踏上停在沙滩边的渔船的橹板孔，嚓嚓嚓跑了几步，掀起船板。下面是狭小的船底。他身体吱溜滑了下去，盖上船板。他将身体缩成胎儿一般，湿漉漉的双脚紧紧并拢在一起，低声哼唧起来。

"这样好了，可以安心了。"

船底十分昏暗，只有些许光线透进来。过了片刻，他的眼睛习惯了。有几条海蛆在爬行。长长的触角哆哆嗦嗦地抖动着，来回爬着。有几条海蛆爬到五郎身边，在他身体上爬上爬下。不过，也没有恶心的感觉，只是爬到脸上有些痒。他用手拨开脸上的海蛆，用呼吸吹走嘴唇附近的。五郎逐渐有了睡意。他依旧卷曲着身子，意识开始回到以前的状态。记忆在这里戛然而止。

五郎忽然从眩晕中清醒过来。在秋天强烈的阳光照射下，好像是贫血犯了。五郎穿好鞋子，拿着便当和瓶子站起来，踉踉跄跄地走进防风林。周围见不到人影，既有些安心，又有些瘆人。他选了一个松树露出根部的合适位置，把上衣折叠好放在上面，当作枕头，伸直身体躺了下来。

他闭上眼睛，迷迷糊糊睡着了。

不知道睡了多久，脖子和手上的骨头痛得他醒了过来。

（谁对我做了蛮横无理的事？）

他心里不痛快，勉强睁开眼睛。这里究竟是哪里？他仰望树梢和天空想了一会儿。随后慢慢起身。

"哦哦，我在这里睡着啦。"

他用了三十秒的时间清醒过来。没有人对自己做了什么蛮横无理的事。是树根太硬和不自然的体位，使自己的身体感到疼痛。他像做广播操那样，伸了几下手臂，拍了拍肩膀。他忽然发现瓶子倒在地上，酒从盖子的缝隙中漏出，渗到沙子里面，已经漏掉一半了。他也没觉得可惜。五郎捡起瓶子，又喝了一口。他拧紧盖子，以免再次漏出。他站起身子。

（昨天和今天，白天都喝酒了。）

五郎迈开步子，想起了大正虾米。大正虾米是酒精中毒病人。人还年轻，长着一张秀气的脸，很招护工和护士喜欢。五郎原以为酒精中毒病人一旦戒酒便会出现戒断综合征，无端生事，而事实并非如此，大正虾米过得很自在。

"不想喝酒吗？"

五郎问过大正虾米。那是刚住院的两三天后。

"没怎么想——"

大正虾米看着五郎的眼睛回答。

"有的话会喝。"

原来他是从早喝到晚。也就是说一天中他没有断过酒。两人住进一个病房后，他的话很快穿帮了。他买通了护工，为他用药瓶（装含漱液的大瓶）买来酒。酒下肚后，他脸不变色心不跳。一旦喝不到酒，他便会变得不安，害怕起来。

（和现在的我很像。）

五郎想。他走着，注意力老是被左侧一望无际的大海吸引。他打算走向海滩，却不知不觉逐步走向了防风林。他回头看，足迹成了一条曲线。不久，前面出现了一条河。河口向南弯曲，用石头砌成了防护堤。防护堤很高。五郎在那上面坐下，又打开瓶盖。一股热流直下咽喉。

"好吧。"

五郎害怕防护堤。有生以来第一次见到淹死人的地方就很像这个防护堤。边上立着三根树桩，呈三角状，它们的交叉部位上挂着几张网，水从网上往下淌。人们就是用这种网来打捞尸体的，但很难打捞。浪头很大。流动的淡水和海水撞到一起，激起一个个巨浪。当时五郎正在上小学，穿着哥哥穿旧了的雨披。他必须赶紧去学校，可他太想知道是谁淹死了，于是在人群中窜来窜去。负责打捞的男人们，有的光着身子，也有的穿着黑雨披。分不清是雨水还是河水，水滴不断迎面飞来，打湿脸颊。

"小孩子别在这里捣乱，靠一边儿去！"

"再跑来跑去，一脚把你踹出去！"

大家手忙脚乱的，言行都很粗鲁。这样被骂了，五郎还是不甘心，他到处跑动，头和肩膀不断撞到别人的身体。从打捞尸体的男人们的对话中，他知道了淹死的是个女人。

（不会是我妈吧？）

五郎脑子里不断冒出这样的念头。不过,五郎出门时,他的母亲正在收拾厨房。五郎是直接从家里来这儿的,所以不可能是他母亲。尸体终于挂在网兜上了。打捞尸体的人,动作一下子变得小心谨慎起来。他们开始拉网。五郎看到了垂在网兜下的尸体。尸体身穿浴衣,由于碰到岸壁、岩石,加上海浪的冲刷,浴衣被撕扯成了条状,看上去还有很多海藻绕在上面。尸体的胳肢窝挂在网上。看上去是个年轻女人。眼看就要拉上岸了,尸体忽然从网兜上脱落,掉到海水里。人群中响起了叹气声。

(为什么会想到是我妈?)

五郎慢慢起身。他不想徒步走过河口。他走上防护林,经过一座小木桥,又回到了沙丘上。宁静的沙丘上,太阳已经西下,海中岛屿的影子也变黑了。开始起风。海水卷着浪花打在海滩上,又静静地,但幅度很大地退回大海。五郎感觉身上有点发冷。难道刚才睡着后感冒了?

(好像逐渐在回到从前。)

五郎嘟哝道。睡眠疗法终于有了些疗效,但自己任性地跑了出来。是喝了那杯咖啡后的一时冲动,还是自己不想回到正常人的生活? 可是,计划好的事和实际行动之间还是产生了巨大隔阂。

"我究竟为什么要确认阿福的死,我想从中得到什么? 是我的青春吗?"

最终,五郎用阿福的死作为诱饵,说动了那个女人。那也只不过确认了自己是一个旅行途中的猥琐中年男人而已。不过，身体上的症状，昨天还算不错，几乎没有感到不安和忧郁。今天却情况不太妙。不知不觉中，"死亡"的阴影笼罩上了他的心头。难道是一个人独自行走在这条长长的沙滩上导致的吗？

过了桥，他又走了将近两公里路。开始感觉疲劳。走在一望无边的沙滩上，远比走在平地上累人。

前方有一根被打上了沙滩后横卧在那里的巨大流木。五郎走近流木，一屁股坐了下来，眺望大海片刻。更确切地说，是眼瞪着大海。流木看上去被海浪冲刷久了，树皮已经脱落，树枝也只剩下细枝条，树干发白，很干燥。

"这样下去——"

五郎出声地自言自语。

"是大摇大摆回家，还是痛改前非返回医院——"

五郎用牙咬开盖子，将剩下的酒全部灌进了喉咙。一喝酒心情就会变差，他清楚这一点，不过，脑子里还是尽早有个了结的念头占了上风。他想脱下衣服，裸身冲向海水。他想游到累得手脚不能动弹为止。那样一来也就回不到海滩了。这一念头，刚才起就在诱惑五郎。大海在向他召唤：快下来，快下来。

（我还清醒。）

五郎想，他怒视着大海。

（我还不会上当。）

　　他又想起了阿福。我和阿福之间存在友谊吗？不，不存在友谊。有的，也只是奴隶间的一体感。除此之外没有别的。这和精神科病房里的四个人（包括五郎）的关系非常相似。四个人，只有患精神病这一点是相同的，其他方面没有任何共同点。大家恰巧被送到了一个病房，所以在一起聊天，一起玩耍，仅此而已。

　　（那个遇到街头艺人的老头挺有意思。）

　　他叫内山，是个六十多岁的老头，在大街上遇到个街头艺人后精神就出了问题，住进医院来了。见到街头艺人为什么会精神失常？深究一步的话大概就会明白了，但不能深究。就连老头自己都不明白。五郎问过他一次。老头回答：

　　"我也不知道，不知怎么就发神经了。"

　　"好奇怪啊。"

　　"嗯，是很奇怪。"

　　有一天，五郎和大正虾米、电线杆三人密谋，模仿街头艺人。他们想看看老头有什么反应。这可是既危险又残忍的尝试。他们用饭碗代替钲，用蹬脚代替打鼓。——吃过晚饭后，三人突然站起来敲击饭碗。

　　"叮叮咚咚，叮咚咚。"

　　他们嘴上吆喝着，脚下把地板蹬得咚咚响。大正虾米头上包了一块色彩鲜艳的手帕，衣服领子朝后敞开，装扮成女人的模样。

　　老头愣愣地看着五郎等人的动作，不一会儿也乐了起来，自己拿着饭碗从床上跳下来，加入叮咚叮咚的行列。病房的墙壁很厚，地板也比较结实，声音不会传到门外。他们一直闹到护工进来为止。

受到护工训斥爬回床上后，老头依然十分开心。主谋电线杆十分遗憾地问：

"老爷子，您没有精神失常啊？"

"没有失常。"

"为什么？"

"你们不是真的街头艺人呀。"

老头回答。

"我开始以为你们发疯了呢，还挺同情的。"

当然，这个病房里的四个人，做梦都没想过自己精神不正常。电线杆咂了下嘴，回到床上。老头又补充了一句。

"不过挺好玩儿的，下次再来吧。"

五郎听着他们聊天，非常赞同老头最后说的话。自己装扮成他人，是多么有趣的事啊。就像老头说的那样，虽然不是真的，但心理上五郎已经完全变成街头艺人了。

（比如这样——）

五郎捡起刚刚扔在流木边上的汽水瓶，顺手抓住流木上的树枝想把它折断，可是失去了树液的树枝变得韧劲十足，就是拽不下来。他在周围找了一下，捡起一块细长的石头。他把便当绑在身上。

"哟吼——"

　　他斜着跨出脚步，用石头敲击瓶子，两脚交换着跳动
起来。

　　"叮叮，咚咚。"

　　"叮，咚咚。"

　　没人看也没关系。只有五郎一人，边跳着边向沙滩移动。
跳了差不多三十米远，五郎觉得累了，脚也不听使唤。他停下
舞步，就地坐下。视线落在沙丘上，那里有个人在看自己。是
个孩子。他刚要起步向前，那个孩子匆忙跳入了水中。那里
好像有一块沙洲，一条细长的水渠，将沙洲和大海连在一起。
因为用网拦住了，沙洲变成了一块近百坪大小的水池。孩子
想用捞鱼网捞水中的鱼。

　　"这是什么鱼？"

　　他想看看放在沙地上的塑料桶，孩子急忙啪嗒啪嗒地踩
水跑了过来，想要移走塑料桶。男孩看上去十二三岁，身体前
面围着白的兜裆布。

　　"大叔别发疯。静一静。"

　　少年的眼神中流露着戒备。五郎温和地说：

　　"刚才喝了点白薯烧酒，所以想跳舞。"

　　少年似乎有点明白了，放下塑料桶，坐到五郎身边。

　　"这是，鲻鱼吧？"

　　五郎问。少年摇摇头。可五郎怎么看都是鲻鱼。

　　"是鲻鱼啊。"

　　少年又摇摇头。他在打湿的沙地上用手指写了"青头仔"

三个字。不愿和我说话？五郎寻思。

"原来叫青头仔啊，好吃吗？"

少年又在沙地上写"好吃"。五郎突然觉得肚子饿了。他解开绑在腰间的便当。便当里有两只饭团、炖的猪肉，还有像条绳子一样的没切过的腌萝卜。

"你也吃个饭团吧？"

"好。"

终于开口了。少年起身，跑到自己放衣服的地方，拿着小砧板和小刀回来了，手里还提着包着塑料纸的好像味噌那样的东西。五郎看着少年，想着他要干什么。少年从塑料桶里抓起鱼，切下鱼头，刮掉鱼鳞，去除内脏。他用熟练的手势将鱼切成三片，扔掉骨头。他一共杀了四条鱼，最后解开塑料纸上的结。五郎吃惊地看着眼前的情形。

"这样就能吃了吗？"

五郎问道，他将饭团递给少年。少年点点头，用鱼片蘸了点味噌，送到五郎跟前。加醋的味噌使得鱼片格外鲜嫩。

"好吃。"

五郎也拿出自己的小菜，将绳子般的腌萝卜条放到砧板上。

"顺便把腌萝卜也切一下。"

五郎和少年坐在一起，吃着青头仔的刺身和炖猪肉、腌萝卜。哪一样都很可口，算得上大中午野外的盛宴。形状如绳子的腌萝卜，还是记忆中二十年前的味道。这种做法叫壶腌，是萨摩半岛的特产,带上军舰或潜水艇,经过赤道也不会腐烂,所以海军会一气全部买下来。当时五郎是这么听说的。在鹿儿岛基地时,部队一天三顿都少不了这种有着特殊气味和口味的腌萝卜。它的味道,和战败的喜悦联系在一起。吃完饭后,五郎身心放松地吐了口气,点上一支烟。不光饭团,小菜也全部吃完了。

“你家住在附近吗?”

“嗯。”

少年点点头。少年被太阳晒成了浅黑色。他长着大眼睛,五官端正,脸部线条分明。

“你爸爸是干什么的?”

“在镇上开车。”

“镇上? 哪个镇?”

“伊作。”

“妈妈呢?”

“在家。”

“哦。”

五郎琢磨着这家人的事。

“我还想喝点酒,能带我去你家喝酒吗?”

少年沉默不语。他起身走到放衣服的地方,穿上衣服。好像不准备继续钓青头仔了,他将砧板和小刀扔进塑料桶。五郎感到性冲动突如其来。不是针对少年,而是在大海、白云、海风的环境中自然产生的冲动。也有微醺的缘故。如果不是刚才在那里跳舞，和少年聊天，将坐在流木边上独斟烧酒的醉意发散出去的话，这会儿恐怕脑子又陷入了混沌。来自大海的诱惑已经消失了。少年轻声回答：

"我家不行。"

"为什么？"

"我家又不是酒馆。"

五郎想说这我知道，但他没说出口。他没有强求少年带自己回家的理由。他将汽水瓶扔向防风林，将便当盒和包装纸堆在一起点上火。青烟蹿起，纸堆马上烧糊了。五郎懒得起身。

"伊作很远吗？"

"有点远。"

"你能带我去吗？"

少年点点头。五郎不得不起身。他"哟西"了一声站起来，将手伸进水池里，稀里哗啦地洗掉手上的饭粒儿，迈开步子跟在少年身后。

两人进了松树林。走不多久，五郎发现松树林中放着一根粗长的绳子，长度大概二十多米。他驻足察看。松树根做的芯子外面缠着稻草。这是用来干什么的？为什么放在这儿？五郎想不出来。他叫住少年。

"这是用来干什么的？"

"拔河。"

"拔河？双方拉绳子比赛？"

少年点了点头。

"原来是这样。"

五郎答道,可他心里并不认同。不过,他也没想搞清楚。想搞清楚什么事情的念头,很久以前就在他的心里死了。五郎说:

"在这儿休息会儿吧。"

少年有些不情愿地和五郎并排地坐在绳子上。五郎从上衣内口袋里掏出一百日元,递给少年。

"看见那边有家饮料店吗?去买两瓶汽水,我嗓子冒烟。"

少年有些犹豫,五郎将一百日元硬塞到他手上。少年起身离开后,五郎把所带的钱全都从口袋里掏出来数了起来。

"如果在伊作住一晚的话——"

他将这部分的钱放入口袋。剩下的钱,根本无法返回东京。钱抓在手心里,五郎陷入了沉思。

"不如去熊本,给三田村打电报,让他汇钱吧。"

三田村就是为五郎介绍医院的朋友,现在经营着一家画廊。五郎曾在熊本上过四年学,三田村是那时的朋友。去熊本打电报的念头出于这一缘故。三田村应该会毫不犹豫地汇钱给自己,五郎想。学生时代,两人经常一起去一家荞麦面店喝酒吃面。听说那家店战后改成了旅馆,生意十分兴隆。自己和女主人也很熟,从那里打个电报给三田村就行了。

(对了,丹尾也说过要去爬阿苏山。)

五郎想起了直到枕崎为止的同行者。不过,他并不是想再见到丹尾。只是等着三田村汇钱给自己应该需要一些时日，这期间去爬阿苏山也不是个坏主意。学生时代，五郎爬过两次阿苏山，可是两次都一无所获。一次遇上下雨天，喷火口能见度几乎为零，什么都看不见。还有一次虽然万里晴空，但快要抵达喷火口时发生了轻微喷火，接近喷火口的几百个登山客乱作一团，一起往地势陡峭的坡下奔跑。五郎一时仿佛置身于电影拍摄现场，这期间也有微小的火山灰弹落在自己身边，冒起一股股青烟。

（不过，自己一点儿都没觉得危险。）

五郎想。那时候正当青春年华，生命力旺盛，对生命有着百倍的自信，而眼下已今非昔比。

三田村不仅是五郎的好友，而且是他的狐朋狗友。真正教会五郎酒色之事的是三田村。不记得是什么时候的事了，两人在闹市区喝酒后回宿舍途中，路过一家门口挂着红灯笼的妓院。三田村指着妓院说：

"千万别在这种店里留宿，不然后悔一辈子。"

"为什么？"

"你不用问理由，只要记住了，这种地方不能留宿。"

三田村和五郎实际上是同龄人，但少年老成，老要摆出前辈的架势。五郎原本就不喜欢他这样，心中难免反感。

（难道因为这里是暗娼，怕得病？）

如果是这个理由的话，直接说出来不就行了吗？五郎想。然而，五郎的自尊心不允许自己再问一遍。一周后，五郎独自喝完酒,乘着夜色返回时,又从那家挂红灯笼的妓院门口经过。他忽地想起前几天晚上三田村装腔作势的话。他从门口经过,又犹豫不决地返了回来,拉开为防雨涂上油层的纸移门。寒冷的夜晚,年老的和年轻的两个妓女坐在火盆前。两人不约而同地停止聊天,神情疑惑地注视着身穿学生服的五郎。五郎手指年轻的妓女问道:

"你,空着吗?"

"空着。"

年轻妓女的说话声不像妓女而像小学生那样温顺。五郎脱下鞋子,上了二楼。女子说她在这里上班两个月了,看上去她的身体好像还没成熟。

"为啥不能在这里留宿?"

到了第二天早晨五郎才明白三田村为什么这么说。过了七点,五郎穿好衣服打开窗户。窗户下能看到过往的人流。五郎忽然醒悟过来。经过窗下的人,几乎都是学生,都是自己的同学。

"原来是这样。这有点麻烦。"

五郎关上窗户,又打开一条缝隙。和今早住在坊村的旅馆里的姿势一样,五郎小口喝着妓女端来的茶,望着窗下的大街。他发现,大街上的人只注意前方,倒是没人抬头往上看。虽然也有些罪恶感和不安,但奇怪的优越感在他心里油然而生。你们这些人,如同行色匆匆的蚂蚁赶着去上学,我在这种地方逍遥了一夜。他沉浸在说不清道不明的优越感中,边喝茶边抽起了香烟。尽管如此,五郎还是没有勇气堂而皇之地走出店门。所谓的优越感,也只不过是年轻人特有的虚张声势。此时,一个行人,不知何故,忽然转过脸抬头张望了一下。他的视线和五郎的视线不偏不倚地撞在一起。

他是五郎的德语教授,名叫松井。人到中年、头发斑秃并且有些微胖的教授停下脚,吃惊地注视着五郎。此刻,五郎已经无法把脸缩回去了。他两眼瞪着松井教授。从时间上来看,大概只不过两三秒钟,但在感觉上,五郎觉得有十秒至十五秒钟那么长。教授回过脸去,飞快迈开步子。五郎猛地关上窗户。

五郎完全没有自己在这场对视中获胜的感觉,只有自己被摞倒在地的挫败感。他身体颤抖着问妓女要了杯酒①。他将热杯酒灌进嘴里,嘀咕道:

"真是个不道德的家伙!"

从理论上讲,五郎清楚不道德的是自己。但在情感上,他觉得教授不道德。如果教授不抬头看窗户的话,自己就不会产生罪恶感。就因为他抬头了,五郎才觉得自己有多么龌龊。而且,教授面不改色,用看动物园围墙里的野兽那样的眼神看自己,这更让五郎觉得受伤。

(还是我输了。)

五郎边拔着粗绳上的毛草边想。少年手里提着两瓶汽水

---

① 装在杯子大小器皿里销售的日本酒。——译注

回来了。五郎接过汽水说道：

"没有开瓶器。"

"忘了。"

"那怎么喝？去借一个来。"

五郎随即又改变了主意。

"不用借回来，把汽水瓶带去打开就行了。"

"不用开瓶器，我用牙咬开。"

那是个寒冷的夜晚，记得确实是第三学期开学不久。过了九点，五郎才从挂着灯笼的妓院后门悄悄溜出来，回到宿舍。

对松井教授的不道德感很长时间留在五郎心里，所以也不再有心情去听他的课。整个学期，五郎没有出现在松井教授的课堂上。最终五郎没有通过该学期的考试。他至今都没搞明白，究竟是因为真的不及格，还是松井教授讨厌自己。自己去挂着红灯笼的妓院这件事，五郎也从未告诉过三田村。

少年用牙咬开瓶盖，汽水有点温热。大概是晒到太阳的缘故，甜味中掺杂着阳光的气味。喝了半瓶之后，五郎问少年：

"伊作有理发店吗？"

"有。"

少年嘴巴离开汽水瓶，高声说道。

"理发店怎么会没有。"

"哦,知道了。"

五郎想起坐在卡车货架上和年轻人聊天的事。年轻人说他出生在伊作。

"听说伊作附近有温泉?"

"嗯。"

少年将喝干的汽水瓶轻轻靠在松树的根部。

"汤之浦温泉。"

"很近吗?"

"有点远。"

少年第一次露出笑容。

"开车的话很近。"

他大概想起了父亲的职业。阳光下,他的额头渗出汗珠。

(要不今夜就住在那儿吧。)

五郎注视着大海思考着。他起身,将剩下的汽水倒在沙石上。

(去理发店把头理干净——)

五郎的视线转向流木方向,地上还留着脚印。不是笔直的一条线,弯弯曲曲的,没有规则。那是刚才模仿街头艺人时留下的。流木的另一头,已经不见了脚印。那一带波光粼粼,有些像武藏野海市蜃楼的光景,笼罩在微暗的光线中。太阳藏在薄云后面,看上去格外庞大,向外射出散乱的光线。

"走吧。"

五郎扔掉汽水瓶,催促少年。两人背向巨大的大海和太阳,慢慢迈开脚步。

在熊本的旅馆里,五郎找了个女按摩师。按摩师是二十岁前后体格健壮的女子,她穿着黑色长裤和干练的白色外套,看上去像体操学校的学生。她性格温和,边按摩边和五郎聊天。

房间不大,只有四张半榻榻米大小,带有壁龛。打开窗户也看不远。壁龛里挂着宫本武藏画的飞鹰。当然,那只是复制品。女按摩师一开口,首先数落这个房间。

"好破的房间,应该是库房吧。客官,您真能忍啊。"

"没办法。"

五郎回答。

"对于这种事情我已经不发脾气了。"

女按摩师开始按摩。

"客官,你肌肉僵硬得很特别。"

"好像是吧。"

五郎趴着应道。

"昨晚也有人这么说。"

"谁?"

"鹿儿岛汤之浦温泉的按摩师,一个老头。"

五郎有生以来第一次叫按摩师上门。过去从未觉得肩膀酸痛。五郎之所以想起叫按摩师,其实是被包车司机鼓动的。那个司机就是钓青头仔少年的父亲。

　　昨天，五郎和少年离开吹上浜，徒步去伊作。他们走在只够一辆车通行的小道上，两侧是一望无际的农田。少年似乎逐渐和五郎熟络了起来，主动为他讲解这一带的风景。吃了一顿饭的工夫，竟能让少年发生这么大的变化，五郎寻思。不一会儿，他便愈发觉得少年对自己很感兴趣，变得闹腾起来。

　　走了片刻，开始出现成排的房屋。五郎发现了一家理发店。不过该店门口没有条纹的标识，只在屋檐上插了一杆红旗。他对少年说：

　　"我要在这里理发，你回家吧。"

　　"再往前走一点儿，有更干净的理发店。还是去那里吧。"

　　"大叔在这儿理发就行了。"

　　五郎自顾自走进理发店。少年撅起嘴，跟着五郎踏进了水泥地的玄关。他想一直跟着我吗？五郎想。少年和理发师打招呼。

　　"我看这里的漫画书。"

　　五郎坐到理发椅上。少年弓着背，看着漫画书，不时发出欢快的笑声。五郎用戒备的眼神，观察着镜子中的少年。

　　理完发，理发椅向后放倒，开始剃须。五郎眼睛瞪着熏黑的天花板，强忍着内心的不快。他讨厌理发店。他不喜欢被约束在一定的时间里。剃刀发出"唰唰"的声音。剃完胡须后，身体坐直了起来。他边抚摸着有些刺痛的下颚，边看镜子。不见少年的身影。他终于走了，五郎寻思。他付了钱，走出店门。外面停着一辆小车。少年坐在前排座位上探出头来。

"阿叔，我让老爸开车来了。"

车？他说车？五郎感到轻微的头晕，抓住身边的电线杆。他不记得自己要过出租车，只是听少年说过开车很近的话，一定搞错了。

"请上车吧。"

留着平头看上去性格耿直的父亲，就像默认了既成的事实，从里面打开后车门。五郎仿佛被吸进去似的，恍恍惚惚地坐到了车里。

"要去汤之浦温泉吧？

没等五郎回答，小车已经发动起来。五郎开始生气，对稀里糊涂上车了的自己。

"客官。"

开车的父亲手把方向盘开口道。

"您要住在汤之浦吗？"

"还没最后决定。"

"住下后要请按摩师的话，请叫上佐土原老爷子吧。"

"为什么？"

"他是我朋友。"

五郎沉默着。很快到了汤之浦。他一语不发地付了住宿费。温泉旅馆有些寒碜，五郎选了一间房。进房，换上浴衣，泡了温泉，之后便无事可干。他要了烧酒，坐在房间里，慢慢喝了起来。他心里感到有种恐惧来自远处。

（为什么我必须叫上名叫佐土原的按摩师？）

五郎觉得自己在吹上浜遇到那个少年后，似乎每一步都被设计好了，一路畅通无阻地走到这一步，和自己的意志无关。他觉得有什么阴谋，如烟雾般笼罩在自己身上。五郎边喝酒边思考着。其实也算不上思考，他只是想把涌上来的不安情绪从脑子里排解出去。他喃喃自语：

"状态太差了。"

他突然直起靠在柱子上的身体，按下电铃。女佣来了。

"听说这里有个名叫佐土原的按摩师？"

"是的。有的。"

"帮我叫一下。"

"好的。"

女佣动作麻利地铺好被褥，走出房间。按摩师很快来了。他身材瘦高，好像是个盲人。他第六感觉似乎十分灵敏，独自用手摸索着进了房间。五郎赶紧将餐盘推到房间的角落里，躺倒在被褥上说道：

"我是第一次叫按摩师，不要用力太猛。"

"嗯，嗯嗯。"

回答得含糊其词，老人的手指搭在五郎的脖颈上。他按摩完五郎的后背，开始按摩手臂。

"你的肌肉僵硬得很特别。"

"什么状况？"

"别人不僵硬的地方你僵硬，肌肉应该收紧的地方松松垮垮。"按摩师口齿不清地解释道。

"得过什么病吗？"

按摩让人觉得浑身痒痒，另一方面又让人觉得讨厌。按摩师能肆意地摆布你的身体，而你不许随便乱动。仿佛自己在为按摩服务，这最让五郎感觉不爽。

"我住了一段时间医院，几乎天天躺在床上。"

心里不太爽快，但身体痒痒的，五郎想笑。嘴巴也是肉体的一部分，所以说起话来很费劲，好像要笑出来。

"哦，原来是这样。"

五郎几乎卧床不起。运动也只是在医院的走廊里走动，不允许外出。昨天终于逃了出来，一路行来，小心翼翼又虚张声势。这种心理上的紧张，可能造成了和别人不一样的肌肉僵硬。全身按摩结束后，老按摩师又命令五郎趴下，五郎顺从地将枕头垫在脸下趴着。背上和腰部忽然被重重压了一下。不是来自拳头和肘部，而是让人心头一紧的重量感。

（他用什么在按压？）

五郎觉得奇怪，侧过脸来，向上斜视。他看见按摩师的脸竟然在离自己很远的高处。

"喂，喂。按摩师。"

五郎声音憋闷。

"你站在哪儿？"

"你背上呀。"

"你开什么玩笑。"

突然,五郎生起气来。

"你像踩在凳子上那样踩在我背上,也得先通知我一声啊。自说自话就踩到我身上,是萨摩流吗?"

"没把你当凳子。这也是一种治疗法。"

按摩师轻轻踩着,肋骨咯吱咯吱地上下起伏,五郎自己也能感觉到。

"很舒服吧?"

按摩师说着慢腾腾地从五郎的背上下来。五郎气势汹汹地起身,盘腿坐在被褥上。按摩师开始为五郎按摩头皮。头皮被揪了起来,眼角也往上吊。不发怒,不发怒,五郎边提醒自己,边按下怒气。按摩终于全部结束了。

"还会反弹,明晚还是找个按摩师来按摩一下比较好。"

"反弹?"

"今天按摩过的僵硬的肌肉还会回到原来状态。要再放松一下。需要的话,我——"

"不了。明天晚上我已经不在这儿了。"

"哦,是这样啊。那就在旅行的下一站——"

说着,按摩师的手在榻榻米上摸着。

"客官,我借用一下烟灰缸。"

五郎将烟灰缸递给老头,凝神地看着他的举动。按摩师取出香烟,动作灵巧地点上火。五郎说:

"你不是一点儿看不见吧。"

"嗯。右眼能看到一点。模模糊糊的。"

五郎取出香烟,为了平复自己的心情,点了一支。

"今天去了吹上浜,那边的树林里放着一根粗绳子。"

"啊啊,那是阴历十五夜用来拔河的。"

"拔河？果然是用来拔河的啊。什么人拔河？"

"大家一起。镇上的人全体出动。半夜三更大家嗨哟嗨哟喊号子。"

"有什么讲究吗?"

男女老少手握绳子,边喊号子边举行拔河比赛,五郎脑子里仿佛出现了那个夜晚的情景。不过,首先刺激他脑子的不是热闹和睦的情景,而是其他什么东西。按摩师轻声换了话题。

"客官,听说你今天在吹上浜跳舞了?"

"什么?"

按摩师又问了一遍相同的问题。

"听谁说的?"

"听司机说的。他是我朋友。"

按摩师按灭烟头,把香烟夹在耳朵上。

"大家也跳舞,全镇的人一起跳。"

两人沉默了下来。五郎寻思,是少年看到了自己跳不知所云的舞,在自己刮胡子时跑回伊作向父亲报告了此事。父亲将此事告诉了按摩师。少年是怎么对父亲说的呢？他是为了让父亲挣钱,才让他开车来理发店的吗?

"行啦,多少钱?"

语气不自觉地有些不耐烦。五郎依按摩师所说的价格付了钱。等到按摩师离开房间,他拉过餐盘,俯卧在被窝里。

"多管闲事!"

他嘟囔道。

"跳不跳舞是我的自由,用不着你们说三道四。"

少年之所以对自己表现得很亲近,不是因为一起吃了饭,而是出自与自己共享一个秘密的念头,这才缠上了自己。共享? 不,不存在共享。

(那个孩子发现了我的秘密,这才有了孩子气的天真的优越感,于是他觉得站在了和我这个大人对等甚至高于我的位置上。)

五郎闭上眼睛,脑子里浮现出少年的模样。他皮肤偏黑,脑门上亮光光的。那双大眼睛是怎么看我的? 觉得我喝醉了,还是发疯了? 总之,自己因此被强行带上了车,被按摩师踩在了背上。一切都来自误解。自己模仿街头艺人跳舞,又不是干什么秘密活动。

"小毛孩儿,听着。"

五郎将饭碗里的烧酒一饮而尽,想象着少年的脸自语道。

"当时,我们并没有彼此了解。你独自钓青头仔,我独自舞蹈。仅此而已"

不安逐渐变成怒火。泡在温泉水中,由于刚才的按摩,他的身体变得疲软不堪,开始感到虚脱。但是,情绪并没有虚

脱,反而亢奋起来。他懒洋洋地换上睡衣,将餐盘放到走廊
上,钻进被窝。钻进被窝后,他依然怒火中烧。

"我不需要可怜。"

由于过分愤怒,他紧紧抓住被头。

"我不需要你们可怜,也不需要你们打扰我。"

五郎一大早离开伊作,中午前抵达了熊本。车站一带,人
声和汽笛声、广播声交织在一起。一走进车站,五郎便觉得不
可思议,人们走路为什么都那么快。他这样想着,自己也不由
自主地加快脚步,就像后面有人追赶的公鸡。他的肩膀还时
不时地撞到别人。

他出了检票口,走进问询处,确认了旅馆的名称。随后又
去邮局,给东京的三田村发了一封电报。

"想回东京请汇旅费"。

电报的大意如此,并写好了旅馆地址。昨天开始有了回
东京的念头。电报一发出去,便成了最终决定。这让他瞬间
有些动摇。

(可是,不打电报,钱从哪里来?)

他叹了口气,将写好的电文递进窗口。之后直接去了药
店,买了止痛药。随后走进一家站前餐馆,点了啤酒和饭菜。
等饭菜的时间里,只要身体一动便会感到浑身肌肉酸痛。都
怪昨晚的按摩师。啤酒来了。

"反弹? 又不是地震。"

他喃喃道，用啤酒将一粒止痛药送下肚子。

"还是不该生气。"

一生气肌肉就会发紧，这是肌肉僵硬的原因。加上今天一大早起床，坐了几小时的火车，身体固定在座位上一动不动，应该也有这方面的原因。昨晚的怒气至今还没有完全消除。饭馆的椅子很小，十分不稳。五郎为了确认自己的怒气，特意变换身体重心。椅子随着他的身体重心，吱吱嘎嘎晃动着。桌子也一样，只有三条腿着地，一条腿悬浮着。这家饭馆里的所有东西都摇晃不定。

"看来我这种人，如果不以怒气为媒介，便无法进入这个社会。"

五郎的逻辑错了。人由于卷入各种社会关系，才变得怒气冲天，并不是带着怒气进入社会。他也隐隐这么觉得，但他对前者视而不见，对后者却充满执念。

他切开炸猪排，倒上大量沙司，和啤酒交替着送入口中。他透过大窗户望着窗外。车站那头依旧人头攒动，不断有出租车和公交大巴在车站前停下，又驶出。五郎过去很喜欢车站的氛围，每个人互不相干地四散到各自的目的地。不存在统一的行动。甚至可以说，盲目的意志驱使着人们行色匆匆。这是五郎最为欣赏的。

（电报可能打得过早了。）

这一想法在脑子里闪了一下。他将叉子放在碟子上，喝干了杯子里的啤酒，慢慢站起来。

五郎横穿过广场,在车站前坐上出租车。

"我要去东京屋。"

这是预计好今晚要住的旅馆。可能是止痛药起作用了,浑身的酸痛得到大幅度缓解。出租车从大马路拐上小胡同后停了下来。五郎下车后走进旅馆,在柜房喊了一声。四十岁前后着装像掌柜的男子走了出来。

"今晚住在这里。"

五郎说。

"女掌柜可好?"

"女掌柜? 什么意思?"

"这个地方过去不是荞麦面馆吗? 那时候有个女掌柜。"

男子不吭声地用职业的眼光上下打量五郎。

"我叫久住五郎。你问一下女掌柜就知道了——"

"这有点难度。"

"为什么?"

"我们店里已经接待了成千上万的顾客。你能记住,老太太不一定能记住。你说是不。你什么时候来过我们店里?"

"二十七八年前,我还在上学。"

五郎用手帕擦着额头。

"见到了应该认识。"

"店里的客人有时也说要见她,但见不成了。"

他不再上下打量五郎,目光停留在五郎的脸上。他好像已经判断出了眼前是什么程度上的客人。

"为什么？病了吗？"

"嗯——死了。十年前就死了。"

五郎好像额头被重击了一掌，沉默下来。他感到太阳穴在跳。为什么不早点说。不一会儿，男子似乎担心地问道：

"身体不舒服吗？"

"没，没什么。"

"可是，你脸色——"

"东京有钱汇给我，写了这个旅馆的地址。"

五郎收起手帕，声音沙哑地说道。

"收到钱之前我要住在这里。能住吧？"

"嗯，可以吧。"

男子有气无力地回答。

"多谢照顾我们的生意。"

男子拍了一下手，召唤女佣。

"行李呢？"

"现在不用，我要去市内转转，你帮我留个房间。"

"是吗，那就恭候光临。"

五郎走出胡同，走上大马路。表情还是十分僵硬。没带行李，衣服也不整洁，鞋子也脏了。自己不是贵客，对方不说，五郎也明白这一点。即使这样，掌柜对待顾客的态度也太傲慢无礼了，看上去压根不想让自己住在这里。

（还剩多少钱？）

五郎抑制着怒火，手伸进口袋，用手指点了一下钱。所剩无几,不用眼睛看,光用手指便能数得一清二楚。那些老练的拉客员和掌柜,只要看一下表情和穿着,就能准确猜中客人所带的钱财。

"哼。"

五郎垂头丧气地站在拐角处,看了三分钟大街的样貌。过去经常来这条大街上闲逛,可眼下觉得既熟悉又陌生,有种戴着度数不准的眼镜那般的不适感和不快感。如果是初次见到的风景,也许还会有旅行的新鲜感,但心里分明留着对过去的记忆,兴奋不起来。

(算了吧,还是不逛了。)

心里这么想着,可也不想回旅馆。

天气晴朗,空气很干爽,阳光洒满大街。

离开这里后,五郎时常想起在这里的生活,甚至还梦到过。这些记忆都和青春的快乐以及各种愚蠢行为联系在一起。也许这些街景都在五郎的脑子里,按照自己对快乐和愚蠢行为的记忆进行了修正。这一修正后的样貌,与现实中的街景的变化并不吻合,这让五郎深感无趣。

五郎迈开步子。他时而停下,回头,环顾四周。这并非来自被追赶的感觉,而是他想确认街道的面貌。之所以没有了有人追赶或尾随的感觉,不是因为症状减轻了,应该是和已经打了电报给三田村有关系。他告诉了对方自己的住处,这让五郎不安的感觉稍稍得到了缓解。

(我已经不再是流浪汉了,而是有人牵挂的旅行者。)

　　五郎忽然想起住院期间在电视上看到的一幅画面,那是
宇宙飞行员从航天飞船里爬出来在空中散步的镜头。按照播
音员的解说,那是人类历史上划时代的瞬间,在五郎的眼里却
是无比丑陋的姿态。貌似畸形兽类的人,仿佛要从胀鼓鼓的
贝壳中爬出来。飞行员似乎爬得很艰难,身体在不断挣扎。
费了九牛二虎之力爬出来后,那家伙用奇怪的姿势扭动着身
体,悬浮在空中。五郎想移开视线,但那一刻,视线无法离开。

　　(我从医院逃出来,不也和这个宇宙飞行员一样吗? 竭尽
全力,苦苦挣扎,痛苦万分——)

　　并且,甚至自我牺牲,不惜让自己变得丑陋不堪,可是我
究竟得到了什么? 现实中,只不过是犄角相顶,受到重重一击
而已。

　　走在大街上,触动记忆的街景,有时忽然出现在眼前。神
社的鸟居、典当铺的白墙仓库等等,只有它们保持着原貌,它
们周围的风景却让五郎觉得十分陌生。他歪着脑袋思考。马
路也发生了变化。比如过去弯曲的马路,现在变得笔直。萧
条的街道变得异常热闹,开了很多家鱼店和蔬菜水果店。

　　"应该就在这里——"

　　五郎移动视线仔细观察着。

　　"不是这家吗?"

　　这里应该就是挂着大红灯笼的妓院。当然,眼前这家貌
似已经歇业的两层楼的房屋上没有悬挂灯笼。但从五郎徒步
到这里的感觉,应该就是这一家。

不过，他无法断定这里曾经是旅店。刻在五郎记忆里的，只有独特的灯笼，其他都已经变得模糊不清。二楼是磨砂玻璃窗。当时，五郎将窗户打开一条细缝，俯视楼下的马路。自己的视线和松井教授的视线恰巧撞在一起。究竟是什么让教授抬起头？

（当时是这番情形——）

五郎止住脚步，抬头仰视二楼的窗户。那上面有张脸。一个男子坐在外凸的窗户上，向马路上张望。两人的视线瞬间碰撞在一起。五郎仿佛被施了魔咒一般，双眸凝固了。他仰着脖子，慢慢横向移动，抓住了电线杆。

看上去是一张学生脸。自己当然不认识。留着长发，裸露着上半身。那张脸上，起初表情有些惊讶，随即变成质问。五郎失去了移走视线的最佳时机，直勾勾地注视着那人脸上的表情变化。

（糟糕，这太无聊。）

以这种方式与现实纠合在一起，着实没有意义。前天在坊津已经有过相同体验。两者不可能纠合。此刻，窗户上的身影消失了。

（不要下来啊。）

一个奇怪的中年男人抬头注视着窗户。为什么抬头看窗户，那个学生应该没有这么质问的权利吧。而自己却不得不面对学生的疑问，应该怎么回答才好呢？五郎思考着。忽然，那张脸又出现在窗户上，照相机对准五郎，"咔嚓"按下快门。

快门的声音,穿透周围的嘈杂声,进入五郎耳朵。五郎打了个趔趄。

　　眼前出现了一家刨冰店,难得。这种店在东京应该已经歇业了,这里是南方,大概还是有生意的吧。店门口挂着由一颗颗玻璃球串联起来的门帘,五郎拨开门帘走进店里。他用不快活的语调喊道。

　　"给我草莓刨冰!"

　　背上各处又开始酸痛起来。

　　"再给我来杯水。"

　　不是酸痛,是热辣的痛感。少女将水送了上来。五郎取出药物说明书。(头痛、牙痛、肌肉痛。一次一粒。一日三次。)他取出一粒药,用水冲服下去。他脱下上衣,确实有点热。

　　"前面那家——"

　　他装作不经意的样子问柜台里的阿婆。

　　"杂货铺隔壁的两层楼房子,住在二楼的是什么人?"

　　"是学生。兄弟两个租的房子。"

　　"啊啊,是租赁房。看来没什么了不起的。"

　　他将红颜色的刨冰送进嘴里。刚才两人充满敌意的对视大概持续了二十秒钟。和松井教授的对视也差不多这点时间。那一刻,松井教授在窗户上看到了什么?现在已经无从知晓。只是那种结果,让五郎觉得自己踩了污秽之物,在经历了内心的剧痛之后,最终未能通过松井教授的考试。

"阿婆,这里有没有受到空袭?"

五郎又开口问道。

"那个房子,过去就是出租给别人的吗?"

"是的。遇到过一次洪水。那以后就大变样了。"

"洪水? 是打仗前吗?"

"不是,是在战后,昭和——"

"二十八年①。"

少女补充道。

"六月二十六日。"

"对对,是六月份。那天晚上,发洪水了。嗯,其实是泥水。阿苏那边下暴雨,火山灰溶化后冲了下来。树木和其他一些东西跟着火山灰一起冲下来,撞在房门上。房门被冲开后,泥水冲进屋子里。都来不及叫喊。房门一被冲破,榻榻米就浮起来了。我抱着这个孩子,还有饭锅,爬上二楼。停电了,电灯不亮。收音机也不响了。四周一团漆黑,只听到哗哗的流水声和树木撞到墙上的声音。"

五郎边想这些和自己没有关系,边听阿婆讲述。阿婆的说话语气充满激情,把五郎吸引住了。

"那次洪水,房子都摇晃了,房梁叽叽嘎嘎响个不停。我都不想活了。正好是这孩子上小学的年龄。"

----

①　即公元 1953 年。——译注

"您丈夫呢?"

"他傍晚就去了柏青哥,正玩得起兴,泥水一下子冲进了柏青哥——"

"冲进了柏青哥?"

"是啊。他急忙跑上柏青哥的二楼避难。那天夜里到第二天,他是吃奖品里的罐头食品度过的,回到家时嗓子冒着烟,他一口气喝了五碗水。"

"喝泥水?"

"泥水哪能喝,又稠又臭。喝自来水。"

"自来水是从菊池那边引过来的。"

少女插话。

"泥水退了,打开自来水,干净的水从水龙头里哗哗流出来,我从来没喝过那么好喝的水。"

"为什么会发那么大的洪水?"

五郎吃完最后一勺刨冰,问少女。少女答道:

"阿苏山下暴雨后冲下来的流木,被子饲桥的桥墩挡住了去路,水没了出路,就从边上溢出来。河边一带的房子全都被冲走了。"

"太惨了。"

阿婆噘着嘴说,嘴巴里似乎吹着气泡。

"那以后我就患上了风湿病,现在都没好。"

阿婆兴致勃勃地说着十年前的事情,宛如昨天发生的那样。这种激情来自哪里? 那个二楼上的学生究竟是什么人?

五郎想问清楚后取回照相底片。他是这么考虑的才走进了这家刨冰店,话题却变成了发洪水,这让他不再去想那个学生的事。五郎的脸,对那个学生来说没有任何意义。

"后来河变宽了,子饲桥也重修了,变成了铁桥。下次再发洪水的话,房子也冲不走了,桥也不会被冲垮,大家都这么说。"

"真的吗?"

他在白川边上租赁房里住过一段时间。那是三十年前的事情。他想去那里看看,于是站了起来。

"多少钱?"

五郎付了钱。中午吃了几乎被沙司浸没的炸猪排,还是觉得口渴。刨冰似乎只是为嗓子眼儿降了温,并没有起到止渴作用。五郎在路边吐了一口红痰。

(我必须尽快找回些什么!)

西边的太阳照在五郎的后背。他将上衣搭在肩上,走在扬着尘土的马路上。不记得什么时候自己在这条相同的马路上走过。两侧没有住房,一侧是玉米地,有条狗从玉米地里爬出来。卡车从五郎的身后超过。卡车一下子压到了正要横穿马路的狗。卡车从狗的身体上压过去后,放慢了速度。很快,卡车又回到原来的速度,消失在前方。狗一动不动地躺在地上,突然口中流出鲜血。狗四脚开始痉挛,猛地抽搐了一下。五郎闻到了鲜血的气味,他迈不开步子了……

　　这一带全然没有了过去的影子。过去这里是农田,长着树。也有住房。五郎住的租赁房在最里面,再往前就是白川河滩。河滩的积水处会滋生大量蚊子,这让学生身份的五郎烦恼不堪。

　　(果然发过洪水。)

　　这一带地势较低,来自河滩的泥水,必定是以汹涌的气势冲歪或冲走房屋的。

　　(是不是走错了?)

　　五郎心里这么担心,所以一路至此,他边走边几次返回原路,确认周边的景色。不过,一下子变得热闹的景象,很快改变了五郎的想法。这里建起了好几栋住宅,也有预制板装配的房屋。几株向日葵在院子里晃动。

　　他一步一步地走向河滩。中途被挡住了去路。这里正在进行防护堤的施工,下不到河滩上。也许是错觉,河流的幅度变得很宽。为防止有人落水,防护堤的上方还有混凝土的防护墙。五郎在防护墙上坐下,取出香烟。他觉得自己居住过的房屋就在向日葵绽放的那一带,但无法断定。

　　"那个女老板是不是还活着?"

　　她先是嫁给了第六师团的军人,后来离了婚,在这里造起了租赁房。这个女人颇有姿色,活着的话也应该有五十五六岁了。五郎占了租赁房中最好的一个房间,每天抱着笔记本和教科书,提着墨水瓶去上学。在学校里,五郎参加了游泳队,二百米蛙泳的成绩是三分十秒。虽然不算很快,但当时还参加了高中校际比赛的预选赛。游泳训练结束后去洗澡,从浴缸里爬出来时,水珠还在手臂和胸部的皮肤上弹跳。班级聚餐,哪怕喝多了也不会有宿醉。总之,那时十分年轻。不仅是五郎,还有三田村、西东和小城。

五郎被女老板勾引过一次。她的军人前夫要再婚了,送来了婚礼请帖。女老板对前夫的做法十分生气,因而失去了理智。她声称今晚睡不着。于是五郎开导她。

"我给你点安眠药吧?"

女老板用酒服下安眠药,开始勾引五郎。五郎拒绝了。

"姨,您过去说过我没出息。您还说,活着,不要勉强自己。就像您说的,我不想勉强自己。"

现在来看,这样拒绝人的方式有些残酷,也有些文艺。不过,五郎也有自己的道理。因为同一年级的西东,和女老板保持着男女关系。

抽烟让干渴的嗓子感觉尤其不爽。不但呛嗓子,而且每抽一口,烟头便黏在嘴唇上。河上吹来的风,夹带着泥土气。

不知是不是这一缘故,西东留级了。有人写检举信,西东便没有再回熊本,去了东京,打算进私立学校。女老板关了租赁房,追随西东而去。西东在入私立学校之前应征入伍,死在了中国战场。女老板成了东京郊外一家酒吧的女招待。那时五郎见过她一次。

"写检举信的人是你吧?"

女老板喝醉了,质问五郎。

"拜你所赐,西东没有再回熊本,打仗死了。"

"信不是我写的。"

五郎十分惊讶,辩驳道。

"拆散你们,我有什么好处?"

据说,最终西东怀着犯人究竟是不是五郎的疑惑出征了,满腹忧伤。

(在那么一块巴掌大的土地上,我们究竟干了些什么?)

我们的青春,装作老于世故,表面上年轻而有活力,但它的背后,充斥着噩梦般的记忆。五郎望着向日葵的方向这么思考。

同年级中还有一个名叫小城的男同学。介绍五郎来这个租赁房的就是小城。与其说是介绍,不如说是怂恿更加贴切。五郎在小城的怂恿下,选了一间最好的房间。小城也想要那个房间,但最终还是让步了。小城说:

"我家乡来客人的话,让我用一下你的房间。"

"什么样的客人?"

"亲戚。"

小城这么回答,实际上来的不是亲戚。那人是小学女教师,两人在五郎的房间里做了苟且之事。在五郎详细获知这件事情的经纬和他们的关系之前,小城忽然搬到了其他租赁房。五郎从未见过那个女人的脸,只透过隔扇上的玻璃看到她穿着紫色的和服裙。

"说了一箩筐好话拉我来这里,却一声不吭地搬走了。"

　　这让五郎觉得无趣。小城只给他留下了不讲信用的印象。

　　（何止不讲信用，简直就是背叛。）

　　五郎丢下烟头，慢慢走了起来。他觉得已经没有了在这里看下去的意义。

　　战后，小城成了著名的进步学者。两三年后，小城来找五郎借钱。

　　"派什么用场？"

　　"造房子。"

　　"和那个人在一起了？"

　　"哪个人？"

　　"穿紫和服裙的女人啊。"

　　"啊啊。"

　　小城脸上泛起微红。

　　"她现在是我老婆了。"

　　五郎有些诧异，为了小城造房子我必须借钱给他吗？

　　"借钱的话，就免了吧。"

　　五郎说。

　　"我没有那么多钱。"

　　"是吗？"

　　小城的脸上看不出很失望。他很有少壮学者的气质，脸色苍白，时不时地动手将垂在额头上的头发往上撩，看上去气宇轩昂。

他还在私立大学当教授，应该不缺钱。举行上梁仪式那天，五郎收到邀请。在现场见到了小城的妻子。从见到她身穿紫色和服裙的模样算起过了二十年。五郎对这个平淡无奇的中年女人已经完全没了兴趣。上梁仪式反倒更让他觉得新奇——房柱和房梁矗立在布满晚霞的空中，那下面摆着让人开怀畅饮的冷酒①和简单的菜肴，木匠们谈天说地。那天以后，五郎再没见过小城。

又过了若干年，小城爱上了别的年轻女人。年轻女人在某进步出版社发行的杂志的编辑部工作。为了和这个女人在一起，小城抛弃了妻子。这些事情，都是三田村告诉五郎的。

"他就是那样的男人！"

三田村愤愤地咬牙切齿道。

"那家伙一遇到利害得失，就会毫不犹豫地抛弃不利于自己的一方。典型的利己主义者。"

五郎漫无目的地朝向日葵的方向走。向日葵过了花开最旺盛的时节，花瓣向后退去，成群的种子向外凸起，犹如孕妇的肚子，已经失去了鲜花盛开那样的美感。

"一切都是天意！"

在五郎眼里，向日葵正使出最后的气力，用花枝支撑着花朵。

---

① 不加热饮用的一种日本酒。——译注

回到旅馆。貌似掌柜的男子用先前一样的表情迎接五郎。女佣带五郎去了一间非常简陋的房间，也有点脏。五郎通过灰尘的气味推测，这里平时大概是用来放被子的。不过，五郎却对女佣说了反话。

"不错的房间啊。"

五郎并不打算说讽刺的话。在他看来，洞穴般的房间和眼下的自己才是最匹配的。女佣的表情有些不知所措，没有搭话。

"能帮我找个按摩师吗？"

"是在用餐之前吗？"

"是的。"

"我去问一下。"

女佣走出房间后，五郎靠在墙上，伸直两条腿。肌肉又开始酸痛起来。这已经不会让他发怒。只是单纯的酸痛在背上和肩膀上肆虐。

（昨天和今天走了很多路，像条野狗！）

五郎觉得疲惫。他想起昨天的事。从昨晚的按摩师，想到司机，还有那个少年。接着又想到青头仔。——少年不是怀着恶意来接近自己的。他款待了自己。款待自己的同时，也顺便做了孝敬父母的事。疲惫不堪的五郎，心里愿意这么想。从吃完刨冰那一刻起，自己的心情便开始低沉。怒气上升，只需一眨眼的工夫。

（发自内心的疲惫。）

女佣打开移门进来了，手里拿着旅馆的账册。

"请过来——"

女佣说。

"按摩师马上就到。"

五郎犹豫着要不要留真名。下一个瞬间他想起了三田村。如果不用真名的话，就收不到三田村给自己的回话了。五郎写下真名后，又回到原来的姿势。

"青头仔。"

他发了三个音，那是奇怪的鱼的名字。在别的海里它称作"鲻鱼"，而到了吹上浜却变成了"青头仔"，而且变得十分随意。

五郎打开回旅馆路上买的一小瓶洋酒的盖子，猛地喝了一口。拿着小酒瓶行走，是模仿某个电影推销员。他意识到自己模仿他，是在买完酒隔了一段时间之后。他有点不悦。医院里有一个这样的病人，见谁都要模仿。护士说那叫"反射症"。

（不过，我不是反射性模仿，已经隔了一段时间。）

虽然五郎这么想，但模仿是不争的事实。五郎神色不安地又喝了一口。他拧上瓶盖，把剩下的酒放在地上。胃部忽然感到剧烈的烧灼感。

不一会儿按摩师来了，是个年轻、体格健壮的女人。他放心了。昨晚那个阴沉的按摩师实在不好对付。女按摩师一进房间便开口道：

"好破的房间,应该是库房吧。客官,你真能忍。"

"没办法。"

五郎答道。

"对于这种事情我已经不发脾气了。"

他把上衣扔在地上。口袋里掉出两三只白色的贝壳,滚落在榻榻米上。五郎斜视了一眼贝壳,躺到毯子上。

"你肌肉僵硬得很特别",按摩师的这句话,引发了汤之浦温泉的话题。女人好像是个话痨,问五郎各式各样的问题。身体放松下来的同时,醉意也开始席卷全身。身上还是觉得痒兮兮的,但没有昨天那么严重。按摩师手上的劲道也恰到好处。

"嗯。坐飞机和火车,也走了不少路——"

五郎不喜欢被调查似的询问,只是随口应付着。

"到了这里变成青头仔了?"

"青头仔?"

"没什么。我说的是家乡方言。"

"第一次来熊本吗?"

"嗯。不。过去来过。"

"什么时候?"

"在你出生以前。"

"嗯,明白了。那时候,你在当兵吧。"

"不错,你知道的不少。"

五郎撒了谎。

"今天一天逛了市内很多地方。全都变了。"

"变成啥样?"

"就像吃到了回潮的点心,有点儿——"

他扭了下身体。

"我事先声明,千万别自说自话地爬到我身上。"

"谁要爬到你身上,下流胚。"

女按摩师毫不客气地扳正五郎的身体。她似乎以为五郎在开玩笑。

"你想让人爬的话,去找别人。"

"你,你误会了。"

五郎辩解道。不过,边享受按摩边说到这种话题,倒也不是没有想让人爬一下的念头。

"我说的爬我身上,不是趴我身上的意思,是站着的意思。在汤之浦温泉,那个按摩师就站我背上了。我一抬头,他的脸快贴到天花板了。"

此时,有人敲了敲移门,另一个女人走了进来。托盘上放着一份电报和电汇。五郎起身打开电报。

"明天去你处,旅馆等,勿外出。"

电文就是这些内容。发报人是三田村。电汇金额两万日元。五郎将电文读了两三遍。

(让人振奋的电报。)

"有空房间了。"

老女佣说。

"您要换房间吗?"

五郎没有理会老女佣的问话,他在思考电文上的话。有了两万日元,回东京当然不成问题。为什么三田村要来这里?而且让我不要外出,在旅馆等他。他和医生商量过了吗?还是三田村自己的意思?

(不许动。执行公务。放老实点。)

五郎感觉周围好像布满了捕吏。他抬起头来,女佣不见了身影。

"今天我去看了子饲桥。"

五郎用沙哑的声音说。

"那座桥也完全变了。"

"因为遇到洪水了。"

"是啊。过去,那座桥又小又窄,上面落满马粪。"

"你当兵的时候?"

"你能想象我穿着军服的样子吗? 站在桥上——"

女人的手指停了下来。

"能想象。客官是军官吗? 还是士兵?"

五郎差点笑出来。女人的手指开始按压脖子后面。

"为什么你的脚在哆嗦?"

"痒啊。我不习惯按摩。"

子饲桥下有家中华面馆,店主是个跛脚,下的荞麦面很好吃。

(我为什么老是很伤心?)

　　当时还是学生的五郎有时很伤心，一到伤心的日子，他就来吃热的荞麦面。到了夜里，只有他一个顾客。通过店主的动作和表情，五郎能判断面馆要打烊了。所以，他加快速度想把面吃完。可怎么吃也吃不完，面条好像反而变得多了起来。五郎只好死心了，走出面馆。寒冷的夜里，当他走过子饲桥时，忽然发现左侧遥远的地方有一团红红的火焰。他在报纸上读到过阿苏山爆发的事。他站住了。黑乎乎的远方，每隔两分钟便有火花蹿入天空。他能看到细小的火柱和落下的火星。之后便回归漆黑一团的夜色。过了两分钟，又看见火柱悄无声息地升起，火星散落下来。他在那儿站了大概三十分钟时间，眺望着不断循环往复的火山爆发。但是，伤心的情绪并没有就此排解。五郎记得当时的心情，但忘记了为什么伤心。

　　"今天站在子饲桥上看到阿苏山了。"

　　五郎低声说。

　　"空气很清新，也没有云。山的形状和白的烟雾都看得清清楚楚。"

　　"是啊，今天天气不错。"

　　女人让五郎翻过身子。从俯卧的姿势改为正面朝上，五郎可以看见女人的脸和手的动作。她鼻孔的形状和肤色都鲜活地呈现在眼前，他觉得十分奇妙。从这种角度看女人的鼻孔还是有生以来第一次，他移开了视线。

　　"明天我去登阿苏山。"

　　他脱口而出。这么一说,他的内心忽然觉得有了实感。刚才站在桥上眺望时,他只是用眺望的眼神眺望着山脉——

　　(定了,明天去登山!)

　　三田村打来的电报让他心存芥蒂。这种冲动近似于昨天在温泉旅馆为了叫按摩师而按下电铃。就因为按下那个铃,便有了下面发生的一切。

　　"是吗,你可以去一下。明天也是好天气。"

　　"你保证?"

　　"我保证。"

　　女人笑着一根根地按摩五郎的肋骨。包在长裤里面的厚实膝盖,自然地压在五郎的侧腹上。五郎任凭按摩师摆布,脑子里思考起三田村的事情。

　　(那家伙说明天要来,为什么要来? 是坐飞机还是坐火车?)

　　后背到肋骨都有痒痒的感觉。

　　"这里的机场在哪儿?"

　　"过了水前寺,那地方叫健军。"

　　"健军? 过去不是陆军军用机场吗?"

　　五郎听说过这个地名。自己是海军通信兵,虽然和健军没有直接通信联络,但在电文中好像经常见到这个地名。陆军特工队,应该是将这里用作中转站,飞往知览。现在已经变成了民用机场。

　　"早晨八点半或者九点从羽田出发,上午就能到。"

"是的。离熊本车站大概三十分钟车程。"

三田村是那种性格,他应该会乘飞机来这里。

"朋友要来接我。应该上午就会到。我必须在他来之前去登山——"

"朋友要来?"

女人起身绕到五郎的脚跟部,开始为他做腿部屈伸。她用胸口抵住五郎的膝盖,又把腿拉直。这种运动十分刺激。

"那还不如和朋友一起登山。"

"不能和他一起去。他一来就会把我提回东京。"

"提回东京?"

女人露出费解的表情。

"像手提箱那样吗?"

"我就是手提箱啊。"

五郎自己都觉得有点饶舌。女人又让他翻转身体。

"我为你踩一下脚底板。额外服务。"

女人站在五郎的脚底板上。起初她轻轻地控制着用力,随后身体一点点压上来,两脚不断交替地在五郎脚底板上踩踏。和女人厚实的脚底贴合在一起,五郎觉得自己的脚底板如同鱿鱼干那样又扁又平,活生生的肉感开始刺激大脑。

(原来这么舒畅。)

他含糊地低声哼哼着,如饥似渴般的欲望在身体中悄然弥漫开来。

(好厚实的肉感,坚实又强劲——)

"客官,你的脚劲有些弱,需要多锻炼。"

"所以明天去登山。"

"中途有大巴可以坐到阿苏山顶。"

女人从五郎的脚上下来。

"那么简单就能上到山顶啊?那我就绕喷火口走一圈。"

五郎回到跪坐的姿势,注视着女人。

"你要不和我一起去吧?反正中午之前你也不忙。"

"空倒是有空——"

女人走到五郎背后,开始按摩头部。和佐土原按摩师的做法一样。五郎的头皮在动,头盖骨一动不动。头皮和头盖骨之间好像有很多浆液。这样才能哧溜溜地按动头皮,五郎想。

"我会准备好火车票和便当。"

女人沉默了一会儿,开口道:

"我能不能问一句不好听的?"

"可以啊。"

"你是不是卷款逃出来的?"

五郎的眼尾往上吊了起来。不是他自己竖起眼睛,而是随着女人的手指,自然往上吊的。

"你知道得好多啊。"

脸上的皮肤停止了运动,五郎终于开口道。女人的手指又像電子般落在头皮上。

"你怎么知道的?"

“凭感觉。我每个月都会遇到一个这样的人。他们的特征都是和实际年龄比起来,脚背很薄。”

“是吗,原来卷款逃走的人脚背都很薄啊。受教了。”

“明天你同事还是上司不是要来接你嘛,还是直接回去好,不要登阿苏山了。”

她说得颇为洋洋自得,像是在教训人。五郎的语气忽然变得有些生气。

“所以我要去登山。”

“为什么?”

“看最后一眼。不不,不能说最后一眼,应该用别的词——”

“告别——”

“嗯,不错。”

女人笑了起来。五郎本想附和女人,但没说出话来。手指在头皮上的敲击停止了,按摩结束。

五郎拉过上衣,将纸币和在鹿儿岛买的时间表一起取了出来。

“九点半有准急火车①,就坐这趟。我在售票处等你。”

---

①　日本火车按照停车站分为特急、准急、急行、各停等等级。——译注

火

九点三十四分的准急，五郎一直等到发车时间临近，女人没有出现。五郎提着包袱，果断地走入检票口。座位很空。火车很快启动了。

（果然没来。）

五郎想。他将包着两人便当的包袱放到网架上。他既没有失望也没有沮丧。今天一早他就预感女人不会来。和一个压根不起眼的中年男人去登山，她当然不会觉得有趣。

（况且在她眼里自己还是个卷款出逃的罪犯。）

昨天按摩结束后的身体感觉不错。自己被错当成了不是自己那样的男人，即真正的自己被消灭了。他带着自己成了透明人的情绪，去繁华街闲逛了一下。玩了柏青哥，还去了啤酒馆。繁华街的风景和白天不同，没有违和感。回到旅馆后，房间换到了上等房，很快入睡了。

今天一大早醒来时，他又听到了似是而非的说话声。说不上是幻听，但与此很接近。

"被认作另一种人，有那么开心吗？"

五郎洗了脸，带着一脸不悦的表情去吃早饭。吃到一半，他请求女佣为自己做两个便当。去登阿苏山的计划也让他烦躁不安。是不是该中止计划，在这里老老实实地等三田村？

　　五郎想这么做，又怕女按摩师在车站等自己。他觉得她十有八九不会来，但既然约了别人，还是应该去车站。

　　五郎去了车站。当他发现对方爽约时，考虑过马上返回旅馆。不过，最终还是义无反顾地上了车。还是不想在旅馆里等着三田村来接自己。

　　他在车窗边坐下，望着外面的风景。火车在平原上跑了一会儿，地势逐渐变成山地。右侧，白川时隐时现。火车几乎一直沿着白川行驶。发电所出现了，瀑布出现了，火山研究所的建筑物出现了。从昨天起就是晴空万里，也没有风。阿苏山中岳喷火口上的白烟直线上升。

　　和昨夜一时情绪狂躁的状态（也不知能不能这么形容）相反，五郎此刻的情绪十分沉闷。他在思考自己逃离医院的事情。电线杆、遇到街头艺人而精神失常的老头、大正虾米一定还是和往常一样赖在床上吧。也许他们已经忘了突然消失的自己。五郎现在饶有兴趣想起的是在诊疗室或走廊上遇见的那位得了反射症的病人。那是个还不到三十岁的青年男子。病人多少有些自卑，态度唯唯诺诺，而那个年轻人完全没有这方面的倾向。他走起路来，总是精神饱满，两眼直视前方。

　　（羡慕死我了，他一点儿没有精神负担。）

　　医生和护士问起他的病情。比如：

　　"昨晚睡得好吗？"

　　青年便会马上反问：

　　"昨晚睡得好吗？"

　　无论问什么,都是相同的话返回。宛如对着墙壁打乒乓球,弹回来的是一样的球。动作也相同。他模仿得太像了。

　　回答问题,需要负责任。这位青年从不回答问题,只是将责任反手掷回给对方。他远离所有的责任。反射症不是病本身,只是症状。五郎觉得自己有点羡慕这样的症状。

　　一个小时后,火车抵达阿苏站。

　　车站前十分嘈杂。土特产店、旅馆等等,甚至拉起了写着"欢迎"字样的横幅。阿苏站在称作"坊中"的那会儿,更加朴实一点,也更像个登山口。

　　(为什么要登阿苏山?)

　　(必须登上阿苏山吗?)

　　五郎已经忘记了登山的理由。肯定是有理由的,但怎么都想不起来。接受睡眠疗法后,记忆力开始退化。这在治疗前医生就已经告诉他了。

　　公交车里挤得八成满。五郎坐在最后一排座位上。车上的女乘务员开始介绍。弯曲的马路地势逐渐变高,景色也变得开阔起来。到处能看到放牛郎的身影。

　　公交车在草千里这个地方停了一会儿。

　　(那人不是电影推销员吗?)

　　五郎发现他时,公交车已经从草千里发车一段时间了。貌似丹尾的男子,坐在从前面数起第三排的位子上。五郎不清楚是自坊中起他就和自己在一辆公交车上,还是他在草千里上的车。他低着头,不时抬起头来看看两边的景色。他戴着墨镜。五郎的视线转移到网架上,他看见那只见过的小手提箱就在那上面放着。

（丹尾为什么也去阿苏山——）

他嘀咕道。过了一会儿他才想起。在从鹿儿岛开往枕崎的出租车上,丹尾提到过要去阿苏山的事。这样说来,丹尾干完了在鹿儿岛销售电影片的事。五郎凝神注视着丹尾。丹尾取出装着洋酒的小瓶子,喝了一口,又把小瓶装回了衣服口袋。他抖动着双脚,看上去不太安心。

公交车抵达终点,大家陆陆续续下车。眼前有一间很大的等候室,缆车就从那里出发。墙上贴着一张巨大的时间表,丹尾站在那里抬头看时间表。五郎走了过去,从身后拍了一下丹尾的肩膀。丹尾身体一紧,转过身来。

"啊!"

丹尾取下墨镜,惊叫道。丹尾浑身上下散发着酒气。五郎开口道:

"又见到了。"

"你还活着?"

五郎想反问"你还活着?",但没有说出口。

"当然活着啊。我没有死的理由。"

"你在枕崎把我甩了后去哪里了?"

"去坊津了。"

"奇怪。"

丹尾歪着头。不知是因为疲劳,还是醉酒的缘故,和四天前相比,丹尾的脸色有些憔悴,皮肤粗糙。

"我打电话去坊津的旅馆,说没你这个人。"

"我是你打电话后到的。我嫌麻烦,所以没有联系你。"

丹尾没有答话,注视着五郎的脸。过了片刻,他声音嘶哑地说道:

"你理发了吧。对了,你为什么从东京大老远地跑到枕崎来?"

"这和你没关系。"

五郎记得之前他也问过自己同样的问题,自己也是这么回答的。

"你要坐缆车吧?"

"我正在考虑坐不坐。"

丹尾将手提箱放到地上。

"我想起来的时候坐的那架飞机,所以不太想坐缆车。"

"你怕缆绳断了掉下去?"

五郎说。

"你不是已经做好准备了嘛,什么时候死都行——"

"那,那当然早有思想准备了。"

丹尾愤然道。他似乎被刺伤了自尊心,脸上泛起红晕。

"那好,去坐缆车吧。"

坐在缆车上时,丹尾浑身僵硬。他的肩头和手上使出非同寻常的力气,紧紧抱住手提箱,闭着眼睛。缆车的下方,已经见不到绿色，只有一片茶褐色的岩石。

抵达终点，丹尾全身放松下来，和五郎一起下了缆车。喷火口就在眼前。站在喷火口岩壁的近处，五郎也禁不住两腿发软。

喷火口的岩壁几乎是垂直的，也有的地方是斜坡，茶褐色、铜绿色、黄土色，等等，各种各样的色彩微妙地掺杂在一起，深入喷火口。高度让人有点目眩。由于没有风，白烟和气体笔直地升向天空。沸腾的泥水在翻滚。望着眼前的景象，五郎感觉整个身体似乎都会被它吸进去。丹尾自言自语似的说道：

"专为自杀者准备的场所。"

五郎沉默不语。

（眼前的这个男人，为啥把我和自杀联系在一起？）

从羽田机场出发时，丹尾认定这一点。经过几次修正，他还是没有改变想法。五郎十分不解。

"骑马吗？"

马夫牵着马走近。

"绕喷火口一周。"

五郎摆了摆手。他退后四五步，问丹尾：

"吃不吃便当？"

"便当？"

丹尾吃惊地反问。

"你带着便当？"

"带着呢,两个人的。"

五郎解开包袱,取出两只饭盒。丹尾掩饰不住诧异的表情。

"你还带了我的份?"

五郎不知该怎么回答。告诉他女按摩师的事太麻烦,也让他觉得不快。

"是的。"

等了片刻,五郎点了点头。

"一个是你的。"

"为,为什么有我的——"

丹尾结巴着。结巴着,说不出话来。

地势稍高可以看到喷火口的地方,丹尾坐在手提箱上,五郎坐在扁平的岩石上。打开便当,丹尾喝了一口小瓶里的酒,又将酒瓶递到五郎跟前。

"怎么样,来一口?"

"不用,我也带着。"

五郎从口袋里掏出自己的酒瓶,把酒倒在瓶盖里,喝了两次。丹尾眼神发直地看着五郎的动作。他喝干了自己的酒,视线落在地上。

"这不是站前便当吧?"

话一出口,丹尾立刻发现自己问得有些草率。

"要是站前便当的话也太高级了。"

"你喝得太多了吧?"

"不可以喝多吗?"

"当然可以。这个便当是旅馆做的。"

"哪里的旅馆?"

"熊本。"

见五郎开始吃便当,丹尾也安心地拿起筷子。他们边看风景边吃着便当。

"还是有点害怕。"

丹尾放下筷子说道。

"好像要把那个洞吞到肚子里。"

五郎从刚才起就有这种感觉。那个洞指的是喷火口。过于壮观,让人丧失了距离感,看上去只有便当里的菜看那么大。丹尾背对着喷火口,嘴巴张得很大。

"我说,我们打个赌吧?"

"打赌?"

"嗯,赌钱。"

丹尾的脸变成红黑色的,手在微颤着。

"我绕喷火口走一圈。"

"请。"

"就那个。"

丹尾说着,把剩下的便当放进手提箱。

"绕一圈的中途,我会不会跳到喷火口里——"

"是要赌这个吗?"

"不错。"

五郎有些不知所措。他考虑了一会儿，突然，他发自内心地大笑起来。

"你要拿自己的命作赌注吗？"

"你在笑。"

丹尾费解地望着五郎。

"自从遇见你，我是第一次笑出声来。"

五郎不再笑。但是笑的冲动不断袭来，使他的下腹开始痉挛。

"不过——"

五郎按着下腹说。

"打赌能成立吗？如果我赌你死，那你一定不会跳下去，活着返回。"

"那你就赌我活，怎么样？"

"那样也不行。那样的话你就会跳下去，你一样拿不到赌赢的钱。"

"嗯。那这样，我带上两份赌注去绕一圈。如果我跳下去的话，赌注也和我一起下去了。"

"原来如此。"

丹尾为什么要打这种赌，五郎不明白。他也不想问理由。他只是觉得有什么东西离开了自己的身体，飞扑到丹尾身上了。不过，这不是引起他大笑的原因。笑归笑，是单独发生的。丹尾继续说道：

"如果我回来的话,赌注全部归你。"

五郎托着腮帮思考了片刻。

"下多少赌注?"

"五万日元,怎么样?"

"五万? 没带那么多钱。"

"你带了多少钱?"

"两万日元。"

这是三田村寄来的钱。今早刚去兑换了现金。

"两万日元?"

丹尾现出了失望的表情。这一瞬间,五郎清晰地嗅到了丹尾发自内心的赴死的决心。

(这家伙打算将赌注当作跳下去的跳板吗?)

丹尾乖乖绕了一圈回来的话,他的五万日元就是自己的。推销员这一职业,被人夺走五万日元一定很痛。

"可以吧? 两万日元。"

丹尾只好死心。

"好吧,拿两万日元来吧。"

"我会出钱。可我还不怎么信任你。"

"你是什么意思?"

"我交给你的话,万一你不跳——"

五郎指着根子岳的方向。

"或许逃到那个山上。那我的钱就被你骗走了。"

"那么不相信我?"

"那你相信我吗?"

丹尾注视着五郎,沉默着。五郎看了一会儿风景。观光客不断从两人身边经过,有人在那里拍照。观光的人,没人知道两个男人在这里聊些什么。五郎感觉自己又要大笑起来。

"我想到了一个好办法。"

丹尾从手提箱里取出剪刀。随后从内口袋里掏出两张一万日元的纸币,和五郎掏出来的两张纸币合在一起。他竖着将纸币一剪为二。他将剪下的一半交给五郎。五郎沉默地看着丹尾的动作,接过纸币。

"这样就行了。这样的话,你的两万日元和我的两万日元都不能用了。"

丹尾又将剩下的一半放进内口袋里,在上衣上重重拍了几下。

"把两人手里的纸币合二为一才能当四万日元使用。不错吧。我跳下去的话,全都化为灰烬。即使我逃跑,我也用不了这一半。"

"拿到日本银行去的话,只要有半张不就能认定一张的价格吗?"

"你开玩笑吧。假如半张能当一张用的话,世上的工薪族不都把自己的工资一张张剪了,变成两倍啦。"

"说得倒也是。你逃跑的话,两人都亏了。"

丹尾慢慢起身,提起手提箱。

"你要带着手提箱走吗?"

"嗯。什么都不拿的话，会被误会成自杀者。"

"你不是去自杀吗?"

"我没说去自杀。"

丹尾瞪了五郎一眼。

"我要去喷火口绕一圈。我想知道自己心情是什么样的。花两万日元来了解自己，便宜。"

五郎点头表示认同。

"那你就在这儿等着。"

丹尾背朝五郎迈开步子。他走向喷火口左侧的通道。五郎吃着剩下的便当，望着丹尾的背影。

(那家伙把剩下的便当盒都放进去了，他要和手提箱一起跳下去吗?)

丹尾的背影变得越来越小。心跳开始加速，五郎赶紧扔掉便当，喝了一口小瓶子里的酒。掌心开始出汗。

五郎的视野中，丹尾的身影已经变成豆粒那么大。忽然，那个身影停了下来，好像在看火山口。他又走了起来。

五郎从稍高的坡上下来。那家伙不可能死的想法和或许会死的担心交织在一起，让五郎情绪焦躁起来。喷火口外围，放着付费望远镜。五郎拿起望远镜，塞了十日元硬币进去。此时，丹尾已经绕了将近半圈。

令人毛骨悚然的鲜艳的喷火口顿时跳入眼帘。五郎小心翼翼地将仰角调高，左右移动了两三次，终于看到了丹尾的身影。丹尾在行走。他停下脚步，看火山口。喷火口就在他的正下方。五郎将望远镜移向下方。喷火口壁直立在火山口上，滚烫的泥浆咕嘟咕嘟地翻着气泡。

（从那里跳下去的话，立刻完蛋。）

望着火山口让人痛苦不堪，五郎狂躁地将望远镜举向空中。遥远的尽头，高岳、根子岳、外轮山等山脉峰峦重叠，山上郁郁葱葱，天空一望无际。时间一到，镜头里变得一团漆黑。五郎又塞了一枚十日元硬币。视野中又出现了丹尾的身影。

丹尾将手提箱放到地上，人坐在上面。他用手帕擦汗。擦完汗，他又起身，提起箱子迈开步子。他大概走累了，脚步变得十分缓慢。他脚下跟跄了一下，大概踢到了石块。究竟是看着丹尾，还是看着自己，五郎自己也不清楚了，他的胸中在高喊着：

"好好走路。打起精神！"

五郎内心深处的高喊声当然传不到丹尾的耳朵里。他又停了下来。擦汗，做深呼吸。随后向火山口望去。……他又走了起来。……他站住了。看火山口。他望着火山口的时间变得越来越长。他又步履蹒跚地走了起来。

人生似幻化

——《幻化》译后记

　　小说集《幻化》收入日本第一次战后派文学家梅崎春生的三部代表作——《樱岛》《日落处》《幻化》。梅崎春生的杰作首次以中文版面世，能有机会将如此打动人心的作品与读者分享，作为译者我深感荣幸。

　　它们是二战亲历者的创作，深深印刻上了作者自身，以及超越个体体验的时代和历史的痕迹。透过作品，我们感受了对于那场战争的痛苦记忆、战争中的人性之殇，以及弥久难愈的肉体和精神伤痛……三部小说中，《樱岛》和《日落处》无疑是严格意义上的战争题材作品。《幻化》虽然是战后题材作品，但是故事跟随主人公跨时空的记忆展开，姑且可以将它视为战争题材延长线上的作品。

　　小说家梅崎春生 1915 年出生于福冈县的军人家庭。17岁考入熊本第五高中，开始编辑杂志并进行诗歌创作。高中毕业时，原本志在京都帝国大学经济学部的梅崎春生，在同为

263

五高出身的霜多正次(后以长篇小说《冲绳岛》等作品驰名文坛)劝诱下升入东京帝国大学文学部。大学期间,他与霜多正次等人创办同人文学杂志《寄港地》,在该杂志的第一期上发表了短篇小说《地图》。这篇被他自己调侃为"拙劣的散文诗般的小说"(梅崎春生:《忧郁的青春》),却得到了著名的《文艺》杂志(改造社)的评论,虽然批评言辞辛辣,但令他十分欣喜,这从另一个侧面印证了他出色的创作才华。1939年梅崎春生在《早稻田文学》新人创作特刊上发表小说《风宴》,其主题在该杂志的后一期中遭到了批评,被视为"描写不符合时局的神经衰弱般的青春","过于阴暗"。青春时代的梅崎春生,抑郁是他的精神常态,并伴有幻听等功能性障碍。加上嗜酒,这种精神状态几乎成了他生涯的基调,也每每体现在他小说人物的身上。

1940年东大毕业后,梅崎春生进入东京市教育局教育研究所工作。次年应征入伍,进入对马重型炮兵部队,后因患支气管黏膜炎返乡疗养。1944年他再次应征入海军佐世保海兵团,在鹿儿岛担任通信兵。

1945年8月日本宣告投降,梅崎春生即于当年创作了中篇小说《樱岛》。次年9月该小说在《素直》创刊号上刊出,在社会上引起了强烈反响,梅崎春生也借此作品正式登上文坛。此后,他醉心于创作,在各种文学刊物上发表了大量作品,如《日落处》《饥饿的季节》《B岛风物志》等,奠定了他在文坛上的地位。尤其是几经周折于1947年发表在《思索》杂志秋季刊上的短篇小说《日落处》，一经问世便好评如潮，梅崎春生也与野间宏、椎名麟三等人被并称为日本反战文学的代表作家。1954年梅崎春生发表反映战后荒芜城市中的市民生活的长篇小说《破屋春秋》，获得直木奖。1955年小说《砂时计》获新潮社文学奖。1964年梅崎春生发表长篇小说《疯狂的风筝》，以内蒙古战场上服安眠药自杀的胞弟为原型，描写一对孪生兄弟因战争家破人亡的故事，该小说获得文部大臣艺术奖。1965年发表中篇小说《幻化》，获每日出版文化奖，被誉为日本第一次战后派文学的高峰之作。

中篇小说《樱岛》是以第一人称叙述的作品。"二战"结束前夕，海军通信兵中村兵曹调离坊津前往鹿儿岛的樱岛赴任。在旅馆邂逅谈论"我想美丽地死去"的伤感的谷中尉，被右耳缺失的妓女追问"你会怎么死"，在樱岛的战壕里与性格乖张并恪守军规的吉良兵曹长产生激烈冲突，面对死于格鲁曼飞机扫射的瞭望哨士兵痛心疾首地哀号，在啼笑皆非的情报乌龙事件后终于迎来战败的"玉音放送"……一连串有关生死的话题，将年轻通信兵在战争与死亡面前紧张、焦虑、不甘、绝望的心境表现得淋漓尽致。

短篇小说《日落处》，故事发生的舞台是"二战"太平洋战争中的菲律宾战场，它来源于梅崎春生从战场生还的兄长梅崎光生所讲述的故事。菲律宾北部群岛战役中，日军节节败退。在美军的炮火袭击中腿部受伤的花田军医趁机携情妇脱队逃跑，宇治中尉奉命带领射击高手高城伍长前往追杀。难以名状的嫉妒和愤懑令他无法原谅花田的行为。然而，深陷密林的孤独与恐惧感，以及极度疲惫造成的生理极限，也让宇治萌生已久的懵懂的逃跑念头变得清晰起来，他的内心因此陷入了深深的矛盾纠葛……如果说小说《樱岛》表达的是年轻军人对青春即将埋葬于战争的愤怒和恐惧，那么小说《日落处》则刻画了年轻军官渴求"活下去"的厌战心理。

中篇小说《幻化》是梅崎春生的绝笔之作。患有精神疾病的久住五郎，逃离沉闷的精神病院，坐上了从羽田飞往鹿儿岛的飞机。他在飞机上邂逅电影推销员丹尾。因亲人死于交通事故而同样有着强烈自杀倾向的丹尾与之惺惺相惜。两人乘车抵达枕崎后，五郎随即独自前往坊津。二十年前身为通信兵从坊津前往枕崎的五郎，为了确认曾经的青春，踏上了从枕崎前往坊津的旅途。淹死在海湾中的密码员阿福、妓院窗口抬头望见的大学教授、棺木中香气四溢的曼陀罗花……记忆中的林林总总与现实中的幻觉、幻听交替出现。他不再记得眼前风景的细节，那些年的生活实感也荡然无存，映入眼前的只有道路两旁茂盛的花草。五郎离开坊津，想起丹尾说过要去阿苏山，决定前往熊本。抵达阿苏山后，五郎在汽车站再次偶遇丹尾。两人登上可见火山口的高地，丹尾提议，自己沿火山口绕行一周，并和五郎打赌看自己会不会中途跳入火山口。五郎用望远镜望着走在火山口边缘的丹尾，喷火口就在他的下方。渐渐地，五郎分不清望远镜里的究竟是丹尾还是自己，他在心中高喊："好好走路。打起精神！"……

饱受战争创伤最终得以生还的五郎、因亲人在交通事故中丧生而变得心灰意冷的丹尾，两个男人在故事的日常性和非日常性中穿梭，构成了表里关系。五郎亦是丹尾，丹尾亦是五郎，同样，他们也是《樱岛》中的村上兵曹，是作者梅崎春生自己。该小说被称为描绘"战争后遗症"的作品，其主题也贯穿于作者描写战后日常生活、被称为"市井小说"的作品群中。

《幻化》是用"远离欲求得失，轻盈透明但并非轻薄的文体"（本多秋五：《梅崎春生》）向青春献祭的挽歌式的作品，它或来自作者对即将降临的死亡的预感，或源于作者抛弃对死的执念而重燃向死而生的欲望……作品中没有给出答案，为读者留下了无穷的回味。

梅崎春生之所以被文学界誉为"战后派作家的冠军"，是因为他在日本战后文坛兴起的西方现代派小说创作手法和遭到摈弃的大正时代以来的"私小说"创作手法之间，确立了其个人特征鲜明、独树一帜的创作风格。他一方面继承了日本文学描绘现实真实的传统，在创作中融入强烈的个人生活体验，另一方面吸收了西方小说注重人物心理动机的创作手法，刻画人物内心世界的真实性。最终他在对"生存的不安和生存的危机"的揭示和从观念上探索人与世界的存在意义的追求中，获得了作品在传统和现代艺术创作手法上的完美统一。

文学评论家日沼伦太郎这样评价梅崎春生的文学和传统文学的关系：

被称为战后派作家的大多数人，他们有意无意地拒绝传统文学的影响。换言之，一种与传统文化的割裂感支撑着他们的文学。但是，梅崎先生的文学，全然没有这种割裂感。相反，说他的文学是在传统文学方法的土壤中成长起来的也不为过。

……但是，他的这些作品，不能等同于传统的"私小说"，在这一点上有着梅崎先生文学的特异性。简言之，他的文学，是从作品内部逐步改造日本"私小说"的文学，我认为这是他作为战后派作家所起的十分重要的作用。（日沼伦太郎：《梅崎春生论》）

在创作方法上，梅崎春生十分刻意地回避传统"私小说"作家作品中的"我"与作者自身的"我"的胶着关系。他甚至在自述中特别强调作品的虚构性。他在《八年后访樱岛》一文中写道："作品中除了地点和风景是真实的，创作的人物均为虚构。除了在调往樱岛赴任途中偶遇的谷中尉有真人原型，吉良兵曹长、瞭望哨士兵以及失去耳朵的妓女皆为本人创作。如果将这些视为实录，则令我困惑。"他将自己的创作方法定义为："行动圈外"的"我"写"行动中"的"我"。这可以说是理解梅崎春生小说风格独特之处的一个重要切入点。限于篇幅，此处不展开讨论。

小说对梅崎春生意味着什么？在谈到《樱岛》的创作时，梅崎春生写道：

小说用以确认人的存在，因此，小说与人共存。至少，它切实地与我共存这一意识，始终在支撑着我。尽管路途曲曲折折，我依然独步至今。我绝不重复被人走烂之路。从今往后我也只有继续独自前行。并且，对于通过"我"这一个点来捕捉自己的眼睛所看到的人类世界，我依然没有感到绝望，将来恐怕也不会绝望吧。（梅崎春生：《〈樱岛〉"器宇轩昂"的后记》）

作为文学家，梅崎春生是出色而成功的探索者。

"幻化"一词来源于陶渊明《归田园居》中的诗句"人生似幻化，终当归空无"，可以说这也是梅崎春生对人世和人生的感悟。恰如印证作者所信奉的这一生命哲学一般，就在作品前半部分发表的一个月后，时年五十岁的梅崎春生便因肝硬化恶化撒手人寰，可谓英年早逝，生命无常。作品的后半部则在作者去世后问世。宛如梅崎春生的法号"幻化转生"所隐喻的那样，这一绝笔之作，在作者的肉身归于空无之后，以永恒的文学生命留在人间。

这也是这部小说集以《幻化》作为题名的原因。

赵仲明

2019 年 5 月于南京大学

图书在版编目(CIP)数据

幻化 / (日) 梅崎春生著;赵仲明,朱江译. 一南
京:南京大学出版社,2019.10
ISBN 978 - 7 - 305 - 22246 - 7

Ⅰ.①幻… Ⅱ.①梅… ②赵… ③朱… Ⅲ.①中篇小
说-小说集-日本-现代 Ⅳ.①I313.45

中国版本图书馆 CIP 数据核字(2019)第 103984 号

出版发行　南京大学出版社
社　　址　南京市汉口路 22 号　　　　邮　编 210093
出 版 人　金鑫荣
书　名　幻化
著　者　(日)梅崎春生
译　者　赵仲明　朱 江
责任编辑　陈蕴敏
照　排　南京紫藤制版印务中心
印　刷　南京爱德印刷有限公司
开　本　850×1168　1/32　印张 8.75　字数 167 千
版　次　2019 年 10 月第 1 版　2019 年 10 月第 1 次印刷
ISBN 978 - 7 - 305 - 22246 - 7
定　价　50.00 元

网　　址:http://www.njupco.com
官方微博:http://weibo.com/njupco
官方微信:njupress
销售咨询:(025)83594756